瑞蘭國際

瑞蘭國際

瑞蘭國際

好玩！好學！

帶著日語趴趴走

JAPAN

元氣日語編輯小組　編著

如何使用本書

場景
標示在哪個地點、哪一種狀況，會用到此句型！

CD＋MP3序號
特聘名師錄製，您也可以說出一口標準又自然的日文！

基本代換句型
只要把單字套進句型裡，溝通沒問題！

■ 🎵 CD-7

代換單字＆中文翻譯
出國前先背好單字，需要時便能運用自如！

羅馬拼音
全書日文皆附上羅馬拼音，緊張時也開得了口！

■
<ruby>駅<rt>えき</rt></ruby> e.ki 車站

▶ <ruby>改札口<rt>かいさつぐち</rt></ruby>はどこですか。

ka.i.sa.tsu.gu.chi wa do.ko de.su ka 剪票口 在哪裡呢？

把以下單字套進 ▭ ，開口說說看！

<ruby>案内所<rt>あんないじょ</rt></ruby> a.n.na.i.jo 詢問處	<ruby>切符売り場<rt>きっぷう　ば</rt></ruby> ki.p.pu.u.ri.ba 售票處	プラットホーム pu.ra.t.to.ho.o.mu 月台
<ruby>みどりの窓口<rt>まどぐち</rt></ruby> mi.do.ri no ma.do.gu.chi 綠色窗口	<ruby>精算機<rt>せいさん き</rt></ruby> se.e.sa.n.ki 補票機	キヨスク ki.yo.su.ku 月台上的小賣店

24

篇名
鎖定「準備篇」、「機場篇」、「交通篇」、「住宿篇」、「用餐篇」、「觀光篇」、「購物篇」、「困擾篇」八大主題，讓您帶著日語，日本四處趴趴走！

STEP 3.
こうつう
交通
交通

駅 _{えき} 車站	地下鉄 _{ちかてつ} 地下鐵
切符売り場 _{きっぷうりば} 售票處	タクシー 計程車
バス 公車	客船 _{きゃくせん} 觀光船

您要搭乘JR？地下鐵？公車？計程車？還是觀光船？
面對五花八門的交通工具，只要有這本書，您也可以「我行我素」！

跟日本人說說看！

わたし	：	すみません。
wa.ta.shi		su.mi.ma.se.n
我	：	對不起。

日本人 _{にほんじん}	：	はい。
ni.ho.n.ji.n		ha.i
日本人	：	是。

わたし	：	改札口 _{かいさつぐち}はどこですか。
wa.ta.shi		ka.i.sa.tsu.gu.chi wa do.ko de.su ka
我	：	剪票口在哪裡呢？

日本人 _{にほんじん}	：	ここをまっすぐ行_いって、右_{みぎ}を曲_まがるとありますよ。
ni.ho.n.ji.n		ko.ko o ma.s.su.gu i.t.te mi.gi o ma.ga.ru to a.ri.ma.su yo
日本人	：	這裡直走，向右轉就是了喔。

わたし	：	どうも。
wa.ta.shi		do.o.mo
我	：	謝謝。

跟日本人說說看
運用基本句型，您也可以開口和日本人對話看看！

漫遊日本Q＆A
小小測驗，看您對日本的了解有多少！

漫遊日本Q＆A！ 綠色窗口

Q：什麼是綠色窗口？

A 宣導環保的地方　B 洗手間　C 無障礙空間　D JR服務窗口

走進日本較大的車站，您會發現寫著「みどりの窓口_{まどぐち}」（綠色窗口）的招牌。什麼是綠色窗口呢？就是所謂的「JR服務窗口」。

日本的鐵路可分為「國營鐵道」以及地區性的「私營鐵道」。其中國營鐵道簡稱「JR」，而綠色窗口就是它的服務窗口。在綠色窗口，除了可以購買JR的各種車票外，還可以自由取閱各式精美觀光旅遊資料。此外，JR還會配合季節，推出各種車票＋住宿的套票，物美價廉，值得試試喔！

答案：D　　25

導遊的話
哪裡好玩？哪裡好吃？哪裡好買？到日本哪裡要注意？且聽聽駐日資深導遊的小小叮嚀！

準備篇
機場篇
交通篇
住宿篇
用餐篇
觀光篇
購物篇
困擾篇

目錄

STEP 1.

じゅん び
準備

準備

打包行李

確認

行前要準備些什麼？
從隨身物品、到重要證件，
對著本單元一一確認，就錯不了囉！

荷造り（に づく り）ni.zu.ku.ri　打包行李

スーツケースの中（なか）に 本（ほん）を入（い）れます。

su.u.tsu.ke.e.su no na.ka ni ho.n o i.re.ma.su

行李箱裡面放 書 。

把以下單字套進 □ ，開口說說看！

薬（くすり） ku.su.ri 藥	タオル ta.o.ru 毛巾	石けん（せっ） se.k.ke.n 香皂
歯ブラシ（は） ha.bu.ra.shi 牙刷	着替え（き が） ki.ga.e 換洗衣物	歯磨き粉（は みが こ） ha.mi.ga.ki.ko 牙膏

跟日本人說說看！

準備篇

機場篇

交通篇

住宿篇

用餐篇

觀光篇

購物篇

困擾篇

友達 to.mo.da.chi 朋友	：日本へ行く準備はできましたか。 ni.ho.n e i.ku ju.n.bi wa de.ki.ma.shi.ta ka ：到日本的準備都好了嗎？
わたし wa.ta.shi 我	：はい。 ha.i ：是的。
友達 to.mo.da.chi 朋友	：その小さいバッグの中に何を入れますか。 so.no chi.i.sa.i ba.g.gu no na.ka ni na.ni o i.re.ma.su ka ：那個小包包裡放什麼呢？
わたし wa.ta.shi 我	：財布を入れます。 sa.i.fu o i.re.ma.su ：放錢包。

漫遊日本Q＆A！ 認識日本

Ｑ：下列日本哪一個大都市不臨海？

Ａ 東京 Ｂ 大阪 Ｃ 京都 Ｄ 名古屋

　　四季皆美、充滿魅力的日本，每年吸引無數的觀光客前往朝聖。

　　日本的行政區域依「一都一道二府四十三縣」劃分，也就是所謂的「東京都」、「北海道」、「大阪府」和「京都府」、以及其他四十三縣。其中東京都是日本的首都，人口高達一千三百多萬人，也是日本最大的城市。第二大都市，是人口八百多萬、位於關西的大阪。第三到第八大都市，則分別為橫濱、京都、名古屋、札幌、神戶、福岡。由於日本是典型的島國，所以其中除了札幌和京都不臨海之外，其餘都是港都。

チェック che.k.ku 確認

バッグの中に
さい ふ
財布 があります。

ba.g.gu no na.ka ni sa.i.fu ga a.ri.ma.su

包包的裡面有 錢包 。

把以下單字套進 □□ ，開口說說看！

ナプキン
na.pu.ki.n
衛生棉

こうくうけん
航空券
ko.o.ku.u.ke.n
機票

デジカメ
de.ji.ka.me
數位相機

ひげそり
hi.ge.so.ri
刮鬍刀

クレジットカード
ku.re.ji.t.to.ka.a.do
信用卡

ガイドブック
ga.i.do.bu.k.ku
旅行指南

跟日本人說說看！

準備篇

機場篇

交通篇

住宿篇

用餐篇

觀光篇

購物篇

困擾篇

友達(ともだち) ： 忘(わす)れものはないですか。
to.mo.da.chi　wa.su.re.mo.no wa na.i de.su ka
朋友 ： 沒有忘了東西吧？

わたし ： バッグの中(なか)にパスポートがあります。
wa.ta.shi　ba.g.gu no na.ka ni pa.su.po.o.to ga a.ri.ma.su

航空券(こうくうけん)があります。
ko.o.ku.u.ke.n ga a.ri.ma.su

クレジットカードがあります。
ku.re.ji.t.to.ka.a.do ga a.ri.ma.su

我 ： 包包的裡面有護照。
有機票。
有信用卡。

漫遊日本Q&A！ 行前準備

Q：日本的電壓是幾伏特？

A 100伏特　B 110伏特　C 220伏特　D 240伏特

　　到日本要帶什麼證件呢？由於持有台灣護照者，到日本享有九十天的免簽證入境，所以您只要記得帶護照、機票就好了。

　　除了證件以及必備換洗衣物、用品之外，建議您在行前還可以上網調查當地的天氣，為自己加減衣物。此外並留心是不是會遇到當地的慶典，運氣好的話，還可以湊湊熱鬧。另外提醒您日本的電壓是100伏特，台灣的110伏特吹風機在日本也能用。至於國人愛吃的肉類及水果，因為容易夾帶病菌，所以是嚴禁帶進去的喔！

答案：A

いってきます！出門了！

STEP 2.

くうこう
空港
機場

入国審査 (にゅうこくしんさ) 入國審查

荷物の受け取り (にもつのうけとり) 領取行李

税関 (ぜいかん) 海關

両替所 (りょうがえじょ) 貨幣兌換處

搭飛機抵達日本，要如何出關呢？
從入國審查、領取行李、一直到兌換
日幣，只要詳讀本單元，就可以暢行
無阻，順利出關！

入国審査
にゅうこくしんさ
nyu.u.ko.ku shi.n.sa　入國審查

観光 に 来ました。
かんこう　　　き

ka.n.ko.o ni ki.ma.shi.ta　來 觀光 。

把以下單字套進 □□ ，開口說說看！

研修
けんしゅう
ke.n.shu.u
研修

遊び
あそ
a.so.bi
玩

勉強
べんきょう
be.n.kyo.o
讀書

親戚を訪問するため
しんせき　ほうもん
shi.n.se.ki o ho.o.mo.n.su.ru
ta.me
拜訪親戚

見学
けんがく
ke.n.ga.ku
見習

友達に会い
ともだち　あ
to.mo.da.chi ni a.i
找朋友

跟日本人說說看！

入国審査官 にゅうこくしんさかん nyu.u.ko.ku.shi.n.sa.ka.n	：	パスポートと入国カードを見せてください。 にゅうこく　　　　　　み pa.su.po.o.to to nyu.u.ko.ku.ka.a.do o mi.se.te ku.da.sa.i
入國審查官	：	旅行の目的は何ですか。 りょこう　もくてき　なん ryo.ko.o no mo.ku.te.ki wa na.n de.su ka 請讓我看護照和入境卡。 旅行的目的是什麼呢？
わたし wa.ta.shi 我	： ：	観光に来ました。 かんこう　き ka.n.ko.o ni ki.ma.shi.ta 來觀光。
入国審査官 にゅうこくしんさかん nyu.u.ko.ku.shi.n.sa.ka.n 入國審查官	： ：	日本にはどのくらい滞在しますか。 にほん　　　　　　　　　たいざい ni.ho.n ni wa do.no ku.ra.i ta.i.za.i.shi.ma.su ka 在日本會停留多久呢？
わたし wa.ta.shi 我	： ：	一週間です。 いっしゅうかん i.s.shu.u.ka.n de.su 一星期。

漫遊日本Q&A！台灣到日本的航線

Q：台灣飛到日本東京，要多久呢？

　A 一小時　B 二小時　C 三小時　D 六小時

　　日本和台灣隔著太平洋，遠在天邊，卻又近在眼前。從桃園機場到東京，只要短短三個小時前後，即可抵達。目前台灣直飛日本的有「中華航空」（チャイナエアライン）、「長榮航空」（エバー航空）、「新加坡航空」（シンガポール航空）、「全日空」（エアーニッポン）、「國泰航空」（キャセイパシフィック航空）等航空公司。依航線不同，可以直飛東京「成田機場」或「羽田機場」、大阪「關西機場」、名古屋「中部機場」、北海道札幌「新千歳機場」、九州福岡「福岡機場」、關西「廣島機場」、沖繩「那霸機場」等等，很方便呢！

答案：C

荷物の受け取り

にもつ う と

ni.mo.tsu no u.ke.to.ri 領取行李

カート はどこに ありますか。

ka.a.to wa do.ko ni a.ri.ma.su ka

推車 在什麼地方呢？

把以下單字套進 □□□ ，開口說說看！

トイレ
to.i.re
廁所

ターンテーブル
ta.a.n.te.e.bu.ru
行李輸送帶

りょうがえじょ
両替所
ryo.o.ga.e.jo
貨幣兌換處

けんえきじょ
検疫所
ke.n.e.ki.jo
檢疫所

クレームカウンター
ku.re.e.mu.ka.u.n.ta.a
提領行李申訴櫃檯

みず の ば
水飲み場
mi.zu.no.mi.ba
飲水機

跟日本人說說看！

わたし wa.ta.shi 我	：	クレームカウンターはどこにありますか。 ku.re.e.mu.ka.u.n.ta.a wa do.ko ni a.ri.ma.su ka 提領行李申訴櫃檯在哪裡呢？
係りの人 ka.ka.ri no hi.to 工作人員	：	どうしましたか。 do.o.shi.ma.shi.ta ka 怎麼了嗎？
わたし wa.ta.shi 我	：	荷物が届いてないんですが。 ni.mo.tsu ga to.do.i.te na.i n de.su ga 行李沒有送到……。
係りの人 ka.ka.ri no hi.to 工作人員	：	クレームタグを見せていただけますか。 ku.re.e.mu.ta.gu o mi.se.te i.ta.da.ke.ma.su ka 能讓我看行李牌嗎？
わたし wa.ta.shi 我	：	はい、これです。 ha.i ko.re de.su 好，就是這個。

漫遊日本Q&A！ 入關注意事項

Q：入境日本時，必須接受哪一種審查？

　A 採取指紋　B 拍照　C 審查官審查　D 以上皆是

　　抵達日本，下了飛機之後，請拿出「護照」和「入境卡」（外国人入国記録），準備進入海關。其中「入境卡」包括姓名、出生月日、國籍、護照號碼、入境班機、目的、預定停留時間等等項目，最好在飛機上就填妥，以免屆時手忙腳亂。

　　此外，自二〇〇七年十一月二十日起，凡申請入境日本的外國人，除了未滿十六歲以下的孩童、特別永住者、從事符合「外交」及「公務」的在留資格活動者等等之外，在入境審查時，皆須經過專用機器「採取指紋」以及「拍攝臉部照片」，之後再接受「入境審查官的審查」才能入境，讀者要有心理準備。

答案：D

税関
ぜいかん

ze.e.ka.n　海關

それは ウーロン茶 です。
ちゃ

so.re wa u.u.ro.n.cha de.su　那是 烏龍茶 。

把以下單字套進 □□ ，開口說說看！

からすみ
ka.ra.su.mi
烏魚子

漢方薬
かんぽうやく
ka.n.po.o.ya.ku
中藥

月餅
ゲッペイ
ge.p.pe.e
月餅

パイナップルケーキ
pa.i.na.p.pu.ru.ke.e.ki
鳳梨酥

ドライフルーツ
do.ra.i.fu.ru.u.tsu
水果乾

すいかの種
たね
su.i.ka no ta.ne
黑瓜子

跟日本人說說看！

準備篇

機場篇

交通篇

住宿篇

用餐篇

觀光篇

購物篇

困擾篇

係りの人 ka.ka.ri no hi.to	:	スーツケースの中を見せてください。 su.u.tsu.ke.e.su no na.ka o mi.se.te ku.da.sa.i
		これは何ですか。 ko.re wa na.n de.su ka
工作人員	:	請讓我看行李箱裡面。 這是什麼？
わたし wa.ta.shi	:	それは漢方薬です。 so.re wa ka.n.po.o.ya.ku de.su
我	:	那是中藥。
係りの人 ka.ka.ri no hi.to	:	何か申告するものはありますか。 na.ni ka shi.n.ko.ku.su.ru mo.no wa a.ri.ma.su ka
工作人員	:	有沒有要申報的東西？
わたし wa.ta.shi	:	いいえ、ありません。 i.i.e a.ri.ma.se.n
我	:	沒有。

漫遊日本Q&A！赴日伴手禮

Q：最受日本人喜愛的台灣名產為何？

A 鳳梨酥 B 烏龍茶 C 烏魚子 D 以上皆是

　　一般人到國外旅行，擔心不習慣當地飲食，都會帶一些泡麵解饞，但是到日本，大可省下這個行李空間，因為日本泡麵不但種類繁多，而且美味極了。

　　如果到日本是出差或是拜訪友人，別忘了帶些台灣名產當作伴手禮，一來不會失禮，二來還可以做做國民外交。

　　根據網路調查，最受日本人歡迎的台灣名產，大致逃不過「鳳梨酥」、「烏龍茶」、「烏魚子」、「XO醬」幾項，選擇包裝精美的，會更受歡迎喔！至於「蜜餞類」、「中藥類」等，是日本人比較「苦手」（吃不慣），應盡量避免。

答案：D　　19

<ruby>両替所<rt>りょうがえじょ</rt></ruby> ryo.o.ga.e.jo 貨幣兌換處

<ruby>台湾ドル<rt>たいわん</rt></ruby> を<ruby>日本円<rt>にほんえん</rt></ruby>に<ruby>替<rt>か</rt></ruby>えてもらえますか。

ta.i.wa.n.do.ru o ni.ho.n.e.n ni ka.e.te mo.ra.e.ma.su ka

可以把 台幣 換成日圓嗎？

把以下單字套進 □□ ，開口說說看！

<ruby>米ドル<rt>べい</rt></ruby>
be.e.do.ru
美元

カナダドル
ka.na.da.do.ru
加拿大幣

<ruby>中国元<rt>ちゅうごくげん</rt></ruby>
chu.u.go.ku.ge.n
人民幣

<ruby>香港ドル<rt>ホンコン</rt></ruby>
ho.n.ko.n.do.ru
港幣

ユーロ
yu.u.ro
歐元

タイバーツ
ta.i.ba.a.tsu
泰銖

跟日本人說說看！

わたし wa.ta.shi 我	： ：	台湾ドルを日本円に替えてもらえますか。 ta.i.wa.n.do.ru o ni.ho.n.e.n ni ka.e.te mo.ra.e.ma.su ka 可以把台幣換成日圓嗎？
係りの人 ka.ka.ri no hi.to 工作人員	： ：	はい。 ha.i 可以。
わたし wa.ta.shi 我	： ：	小銭を混ぜてください。 ko.ze.ni o ma.ze.te ku.da.sa.i 請摻雜小鈔。
係りの人 ka.ka.ri no hi.to 工作人員	： ：	はい。少々お待ちください。 ha.i sho.o.sho.o o ma.chi ku.da.sa.i 好的，請稍等。

漫遊日本Q&A！ 日本的貨幣

Q：日本貨幣中，最大面額是多少？

A 一萬日圓　B 五千日圓　C 二千日圓　D 一千日圓

　　在日本消費，不能使用台幣和美金。雖然可以使用信用卡，但是手頭上還是要準備日幣，在搭車、到便利商店購物、或是買小東西時才方便。

　　日本的紙鈔面額有四種，分別是一萬日圓、五千日圓、二千日圓、和一千日圓。至於硬幣，則有五百日圓、一百日圓、五十日圓、十日圓、五日圓、一日圓六種。目前台幣和日圓匯率，大約為一比三，也就是三千多塊台幣，大約可以兌換一萬日圓。可別看一萬日圓好像很多喔！在物價高漲的日本，一萬日圓一旦找開，可是很容易花光的！

準備篇

機場篇

交通篇

住宿篇

用餐篇

觀光篇

購物篇

困擾篇

答案：A

上野　稲荷 →

G
16
うえの
○
いなり

說說看

みち　まよ
道に迷っちゃった。　迷路了。

STEP 3.

<ruby>交通<rt>こうつう</rt></ruby>

交通

<ruby>駅<rt>えき</rt></ruby> 車站

<ruby>地下鉄<rt>ち か てつ</rt></ruby> 地下鐵

<ruby>切符売り場<rt>きっ ぷ う ば</rt></ruby> 售票處

タクシー 計程車

バス 公車

<ruby>客船<rt>きゃくせん</rt></ruby> 觀光船

您要搭乘JR？地下鐵？公車？計程車？
還是觀光船？
面對五花八門的交通工具，只要有這本
書，您也可以「我行我素」！

駅 <ruby>駅<rt>えき</rt></ruby> e.ki 車站

改札口 <ruby>改札口<rt>かいさつぐち</rt></ruby> はどこですか。

ka.i.sa.tsu.gu.chi wa do.ko de.su ka 剪票口 在哪裡呢？

把以下單字套進 ⬚ ，開口說說看！

案内所 <ruby>案内所<rt>あんないじょ</rt></ruby>
a.n.na.i.jo
詢問處

切符売り場 <ruby>切符売り場<rt>きっぷうば</rt></ruby>
ki.p.pu.u.ri.ba
售票處

プラットホーム
pu.ra.t.to.ho.o.mu
月台

みどりの窓口 <ruby>窓口<rt>まどぐち</rt></ruby>
mi.do.ri no ma.do.gu.chi
綠色窗口

精算機 <ruby>精算機<rt>せいさんき</rt></ruby>
se.e.sa.n.ki
補票機

キヨスク
ki.yo.su.ku
月台上的小賣店

跟日本人說說看！

わたし	：	すみません。
wa.ta.shi		su.mi.ma.se.n
我	：	對不起。

日本人	：	はい。
ni.ho.n.ji.n		ha.i
日本人	：	是。

わたし	：	改札口はどこですか。
wa.ta.shi		ka.i.sa.tsu.gu.chi wa do.ko de.su ka
我	：	剪票口在哪裡呢？

日本人	：	ここをまっすぐ行って、右を曲がるとありますよ。
ni.ho.n.ji.n		ko.ko o ma.s.su.gu i.t.te mi.gi o ma.ga.ru to a.ri.ma.su yo
日本人	：	這裡直走，向右轉就是了喔。

わたし	：	どうも。
wa.ta.shi		do.o.mo
我	：	謝謝。

漫遊日本Q&A！ 綠色窗口

Q：什麼是綠色窗口？

Ａ 宣導環保的地方 Ｂ 洗手間 Ｃ 無障礙空間 Ｄ JR服務窗口

　　走進日本較大的車站，您會發現寫著「みどりの窓口」（綠色窗口）的招牌。什麼是綠色窗口呢？就是所謂的「JR服務窗口」。

　　日本的鐵路可分為「國營鐵道」以及地區性的「私營鐵道」。其中國營鐵道簡稱「JR」，而綠色窗口就是它的服務窗口。在綠色窗口，除了可以購買JR的各種車票外，還可以自由取閱各式精美觀光旅遊資料。此外，JR還會配合季節，推出各種車票＋住宿的套票，物美價廉，值得試試喔！

準備篇

機場篇

交通篇

住宿篇

用餐篇

觀光篇

購物篇

困擾篇

答案：D　　25

切符売り場 ki.p.pu.u.ri.ba 售票處
（きっぷうりば）

自由席 を
（じ ゆうせき）

2枚 ください。
（にまい）

ji.yu.u.se.ki o ni.ma.i ku.da.sa.i 請給我兩張 自由座 。

把以下單字套進 □□，開口說說看！

往復切符
（おうふくきっぷ）
o.o.fu.ku.ki.p.pu
來回票

一日券
（いちにちけん）
i.chi.ni.chi.ke.n
一日券

指定席
（し ていせき）
shi.te.e.se.ki
對號座

グリーン席
（せき）
gu.ri.i.n.se.ki
綠席
（商務車廂）

片道切符
（かたみちきっぷ）
ka.ta.mi.chi.ki.p.pu
單程票

周遊券
（しゅうゆうけん）
shu.u.yu.u.ke.n
周遊券

跟日本人說說看！

わたし wa.ta.shi 我	：	名古屋までの往復切符を1枚ください。 na.go.ya ma.de no o.o.fu.ku.ki.p.pu o i.chi.ma.i ku.da.sa.i 請給我一張到名古屋的來回票。
売り場の人 u.ri.ba no hi.to 販售處的人	：	名古屋までの往復切符を1枚ですね。 na.go.ya ma.de no o.o.fu.ku.ki.p.pu o i.chi.ma.i de.su ne 一張到名古屋的來回車票嗎？
わたし wa.ta.shi 我	：	はい。 ha.i 是的。
売り場の人 u.ri.ba no hi.to 販售處的人	： ：	かしこまりました。少々お待ちください。 ka.shi.ko.ma.ri.ma.shi.ta sho.o.sho.o o ma.chi ku.da.sa.i 1万2780円になります。 i.chi.ma.n.ni.se.n.na.na.hya.ku.ha.chi.ju.u e.n ni na.ri.ma.su 知道了。請稍等。 是一萬二千七百八十日圓。

漫遊日本Q&A！ 自由席・指定席・綠席

Q：日本鐵路中，哪一種座位票價最高？

A 自由席 B 指定席 C 綠席 D 都一樣

　　日本鐵路中，「自由席」是不劃位、有位子就坐、沒位子可能一路站到底的票，所以在月台上大排長龍的，通常是準備上自由席車廂的旅客。而「指定席」則是對號入座的位子，有位子坐，票價當然高一些。至於票價最高的，就屬「グリーン席」（綠席）了。之所以會叫綠席，乃因為日本以前頭等車廂的座位邊，都會塗上綠色的標誌。時至今日，綠席的座位旁不再有綠色標誌，但是座位依舊寬廣，連服務項目也不一樣，所以把「グリーン席」翻譯成「頭等席」，應該更貼切吧！

答案：C　　27

バス ba.su 公車

つぎ
次 で降ります。

tsu.gi de o.ri.ma.su 在 下一站 下車。

把以下單字套進 □□，開口說說看！

2つ目
fu.ta.tsu.me
第二站

ここ
ko.ko
這裡

駅前
e.ki.ma.e
車站前面

デパート前
de.pa.a.to.ma.e
百貨公司前面

渋谷駅
shi.bu.ya.e.ki
澀谷車站

あそこ
a.so.ko
那裡

跟日本人說說看！

わたし ：	次はどこですか。
wa.ta.shi	tsu.gi wa do.ko de.su ka
我 ：	下一站是哪裡呢？
運転手 ：	秋葉原です。
u.n.te.n.shu	a.ki.ha.ba.ra de.su
駕駛 ：	秋葉原。
わたし ：	古本屋街はまだですか。
wa.ta.shi	fu.ru.ho.n.ya.ga.i wa ma.da de.su ka
我 ：	舊書店街還沒到嗎？
運転手 ：	もう過ぎましたよ。
u.n.te.n.shu	mo.o su.gi.ma.shi.ta yo
駕駛 ：	已經過了喔。
わたし ：	えっ。じゃ、ここで降ります！
wa.ta.shi	e.t ja ko.ko de o.ri.ma.su
我 ：	什麼？那，我在這裡下！

漫遊日本Q＆A！ 日本的公車

Q：日本的公車，一段票要多少錢？

　　A 約台幣20元　　　　B 約台幣50元

　　C 約台幣100元　　　D 依搭乘站數計費

　　搭乘日本公車很享受。因為不但有穿著筆挺的駕駛為大家服務，而且不管右轉還是左彎，駕駛都會事先用麥克風，溫柔地通知大家。此外車子若還沒有到站，駕駛不要大家離席走到門口，因為他們擔心行進中，乘客有可能跌倒。而車子到站時，駕駛不但會吩咐慢慢來，投幣也有找零，下車時還會聽到「謝謝搭乘」。

　　這麼好的服務，要付多少錢呢？其計費方式和台灣不同，是依「搭乘站數」計算。所以乘客一上車，要立刻拿「整理券」，因為駕駛是用整理券上的號碼，在乘客下車時，判斷乘客搭幾站、要付多少錢。

答案：D　　29

準備篇 機場篇 交通篇 住宿篇 用餐篇 觀光篇 購物篇 困擾篇

地下鉄
ちかてつ
chi.ka.te.tsu 地下鐵

秋葉原へはどうやって行ったらいいですか。
あきはばら
い

a.ki.ha.ba.ra e wa do.o ya.t.te i.t.ta.ra i.i de.su ka

到 秋葉原 ，要怎麼去比較好呢？

把以下單字套進 □□□ ，開口說說看！

原宿
はらじゅく
ha.ra.ju.ku
原宿

銀座
ぎんざ
gi.n.za
銀座

品川
しながわ
shi.na.ga.wa
品川

上野
うえの
u.e.no
上野

赤坂
あかさか
a.ka.sa.ka
赤坂

赤坂
あかさか

G 16 上野 うえの 稲荷 いなり →

横浜
よこはま
yo.ko.ha.ma
橫濱

跟日本人說說看！

わたし wa.ta.shi 我	：	赤坂へはどうやって行ったらいいですか。 a.ka.sa.ka e wa do.o ya.t.te i.t.ta.ra i.i de.su ka 到赤坂，要怎麼去比較好呢？
駅員 e.ki.i.n 站務員	：	次の駅で降りて、千代田線に乗り換えてください。 tsu.gi no e.ki de o.ri.te chi.yo.da.se.n ni no.ri.ka.e.te ku.da.sa.i 請在下一站下車，換千代田線。
わたし wa.ta.shi 我	：	どうも。 do.o.mo 謝謝。
アナウンス a.na.u.n.su 廣播	： ：	まもなく電車が参ります。 ma.mo.na.ku de.n.sha ga ma.i.ri.ma.su 白線の内側までお下がりください。 ha.ku.se.n no u.chi.ga.wa ma.de o.sa.ga.ri ku.da.sa.i 電車馬上進站。 請退到白線內側。

漫遊日本Q＆A！ 日本的電車

Q：東京的電車中，哪一條路線呈環狀運行？

A 山手線　B 銀座線　C 丸之內線　D 有樂町線

　　日本各大都市都有電車，例如東京、橫濱、大阪、京都、名古屋、福岡、仙台等等都市都有。其中以東京的電車最為複雜，包括「東京地鐵」的銀座線、丸之內線、日比谷線、東西線、千代田線、有樂町線、半藏門線、南北線等八條線路，以及「都營線」的淺草線、三田線、新宿線、大江戶線等四條線路，還有大名鼎鼎、呈環狀運行的「JR山手線」。這些線路密密麻麻，如同蜘蛛網般交錯，儘管如此，尖峰時間還是擠滿人潮，必須依賴地鐵站務員推擠，才搭得上車，建議您避開。

答案：A　31

タクシー ta.ku.shi.i 計程車

新宿駅 まで
しんじゅくえき

お願いします。
ねが

shi.n.ju.ku ma.de o.ne.ga.i.shi.ma.su　麻煩到 新宿車站 。

把以下單字套進 □□ ，開口說說看！

せんそう じ **浅草寺** se.n.so.o.ji 淺草寺	とうきょう **東京ドーム** to.o.kyo.o.do.o.mu 東京巨蛋	おもてさんどう **表参道** o.mo.te.sa.n.do.o 表參道
ろっぽん ぎ **六本木ヒルズ** ro.p.po.n.gi.hi.ru.zu 六本木Hills	とうきょう **東京タワー** to.o.kyo.o.ta.wa.a 東京鐵塔	つきじ **築地** tsu.ki.ji 築地

32

跟日本人說說看！

わたし wa.ta.shi 我	：	ワシントンホテルまでお<ruby>願<rt>ねが</rt></ruby>いします。 wa.shi.n.to.n.ho.te.ru ma.de o.ne.ga.i.shi.ma.su 麻煩到華盛頓飯店。
<ruby>運転手<rt>うんてんしゅ</rt></ruby> u.n.te.n.shu 駕駛	：	はい、かしこまりました。 ha.i ka.shi.ko.ma.ri.ma.shi.ta 好的，知道了。
わたし wa.ta.shi 我	：	<ruby>右手<rt>みぎて</rt></ruby>に<ruby>見<rt>み</rt></ruby>える<ruby>大<rt>おお</rt></ruby>きな<ruby>建物<rt>たてもの</rt></ruby>はなんですか。 mi.gi.te ni mi.e.ru o.o.ki.na ta.te.mo.no wa na.n de.su ka 右手邊看得到的大型建築物是什麼呢？
<ruby>運転手<rt>うんてんしゅ</rt></ruby> u.n.te.n.shu 駕駛	：	<ruby>表参道<rt>おもてさんどう</rt></ruby>ヒルズです。 o.mo.te.sa.n.do.o.hi.ru.zu de.su 表參道Hills。
わたし wa.ta.shi 我	：	すみません、ここで<ruby>降<rt>お</rt></ruby>ろしてください。 su.mi.ma.se.n ko.ko de o.ro.shi.te ku.da.sa.i 對不起，請讓我在這裡下車。

漫遊日本Q&A！ 日本的計程車

Q：日本的計程車，起跳大約需要多少錢？

　　A 約台幣70元　　　B 約台幣100元

　　C 約台幣200元　　　D 約台幣300元

　　日本的計程車和台灣一樣，都是先有起跳費用，然後再依里程跳表，夜間有加成，但是不需要支付小費。不過日本的物價高，所以搭起計程車來，可不便宜。以起跳費為例，各地雖有不同，但大致是前二公里七百日圓前後，折合台幣約二百元，不便宜吧！而且之後每三百公尺，還要再跳表一百日圓左右，所以搭趟計程車，花費上萬日圓也是常有的事。另外要提醒大家，搭乘日本計程車時，不管上、下車，都不要自己開關門喔！因為在日本，計程車有自動開關門服務。

答案：C

きゃくせん
客船 kya.ku.se.n 觀光船

なか 中で しょくじ 食事 ができます。

na.ka de sho.ku.ji ga de.ki.ma.su

裡面可以 用餐 。

把以下單字套進 □□ ，開口說說看！

しゅくはく
宿泊
shu.ku.ha.ku
住宿

ダンス
da.n.su
跳舞

けっこんしき
結婚式
ke.k.ko.n.shi.ki
結婚典禮

ギャンブル
gya.n.bu.ru
賭博

かいぎ
会議
ka.i.gi
開會

パーティー
pa.a.ti.i
宴會

跟日本人說說看！

わたし wa.ta.shi 我	： ：	客船の中で食事ができますか。 kya.ku.se.n no na.ka de sho.ku.ji ga de.ki.ma.su ka 觀光客船裡可以用餐嗎？
従業員 ju.u.gyo.o.i.n 工作人員	： ：	はい、できます。ほかにゲームなどもお楽しみいただけます。 ha.i de.ki.ma.su ho.ka ni ge.e.mu na.do mo o ta.no.shi.mi i.ta.da.ke.ma.su 是的，可以。其他還可以玩遊戲等等。
わたし wa.ta.shi 我	： ：	そうですか。いくらですか。 so.o de.su ka i.ku.ra de.su ka 那樣啊！要多少錢呢？
従業員 ju.u.gyo.o.i.n 工作人員	： ：	夜のコースですと、お一人様８９８０円になります。 yo.ru no ko.o.su de.su to o hi.to.ri.sa.ma ha.s.se.n.kyu.u.hya.ku.ha.chi.ju.u e.n ni na.ri.ma.su 夜晚行程的話，一個人八千九百八十日圓。
わたし wa.ta.shi 我	： ：	じゃ、大人2人と子供2人で。 ja o.to.na fu.ta.ri to ko.do.mo fu.ta.ri de 那麼，二個大人和二個小孩。

漫遊日本Q&A！ 日本的觀光船

Q：日本本州和四國之間隔著什麼海？

A 東海　B 日本海　C 瀨戶內海　D 輕津海峽

　　日本由北海道、本州、四國、九州四大島組成，東邊是太平洋，西邊是東海和日本海，本州和四國之間隔著瀨戶內海，是典型的島國，所以航運十分發達。

　　由於日本幾個大型都市，像東京、大阪、橫濱、神戶、北九州等等都是港都，所以來到日本，您可以選擇搭船抵達這些城市，或是抵達之後參加「遊港灣」、「遊湖」、或是「遊河」行程，一邊用餐、一邊欣賞風景，豈不愜意！尤其是日本每到夏季，各地都會舉辦煙火大會，如果能在船上賞煙火和夜景，那就更棒了！

答案：c

説 説 看

ゆっくり休もう。 好好地休息吧！

STEP 4.

しゅくはく
宿泊
住宿

チェックイン 辦理住宿

フロント 櫃檯

かんない
館内 飯店內

ルームサービス 客房服務

今晚投宿的是觀光飯店、還是日式旅館呢？
本單元除了教您如何辦理住宿，
還要和您分享在日本住宿的各種禮節。
讀了住宿篇，就可以放鬆心情，
好好休息囉！

チェックイン che.k.ku i.n 辦理住宿

たいわん
台湾の 張[ちょう] と申[もう]します。

ta.i.wa.n no cho.o to mo.o.shi.ma.su

我來自台灣，我姓 張 。

把以下單字套進 □□ ，開口說說看！

ご	り	よう
呉	**李**	**葉**
go	ri	yo.o
呉	李	葉

おう	りん	こう
王	**林**	**黄**
o.o	ri.n	ko.o
王	林	黄

跟日本人說說看！

準備篇

機場篇

交通篇

住宿篇

用餐篇

觀光篇

購物篇

困擾篇

わたし	：	チェックインをお願いします。
wa.ta.shi		che.k.ku i.n o o ne.ga.i shi.ma.su
我	：	我要辦理住宿。

フロント	：	お名前をいただけますか。
fu.ro.n.to		o na.ma.e o i.ta.da.ke.ma.su ka
櫃檯	：	能告訴我大名嗎？

わたし	：	台湾の李と申します。
wa.ta.shi		ta.i.wa.n no ri to mo.o.shi.ma.su
我	：	我來自台灣，我姓李。

フロント	：	かしこまりました。
fu.ro.n.to		ka.shi.ko.ma.ri.ma.shi.ta
		少々お待ちください。
		sho.o.sho.o o ma.chi ku.da.sa.i
櫃檯	：	了解了。
		請稍等。

漫遊日本Q＆A！ 日本的住宿

Q：住宿日式房間時，須注意何種禮節？

A 脫鞋後才可入室　　B 脫好的鞋子鞋尖朝內

C 自己鋪床　　D 以上皆是

　　日本的住宿可分為西式的「飯店」（ホテル）、日式的「旅館」（旅館）。而住宿的客房，也分成鋪著榻榻米的「日式房間」（和室），以及備有一般床鋪的「西式房間」（洋室）。

　　住宿日式房間時，須注意在玄關脫鞋後，才可進入，以免弄髒榻榻米。而脫好的鞋子，也必須雙腳併攏、鞋尖朝外，這是日本人的禮節。入門後，工作人員會詢問何時來鋪床，不需要自己動手。至於西式房間，則分為「單人房」（シングルルーム）、「二人房」（ダブルルーム）、「雙人房」（ツインルーム）等等，必須在預約時就決定。

答案：A　　39

フロント fu.ro.n.to 櫃檯

ファミリータイプの
へ や   ねが
部屋をお願いします。

fa.mi.ri.i ta.i.pu no he.ya o o ne.ga.i shi.ma.su

請給我 家庭式的 房間。

把以下單字套進 □□□，開口說說看！

けしき
景色のいい
ke.shi.ki no i.i
風景好的

ごかい   うえ
5階から上の
go.ka.i ka.ra u.e no
五樓以上的

しず
静かな
shi.zu.ka.na
安靜的

ひ あ
日当たりのいい
hi a.ta.ri no i.i
採光好的

や けい   み
夜景がよく見える
ya.ke.e ga yo.ku mi.e.ru
可以好好看到夜景的

うみ   み
海が見える
u.mi ga mi.e.ru
看得到海的

準備篇

機場篇

交通篇

住宿篇

用餐篇

觀光篇

購物篇

困擾篇

跟日本人說說看！

わたし wa.ta.shi 我	：	部屋の希望があるんですが、いいですか。 he.ya no ki.bo.o ga a.ru n de.su ga i.i de.su ka 我有想要的房間，不知道可以嗎？
フロント fu.ro.n.to 櫃檯	：	はい、どのようなお部屋をご希望ですか。 ha.i do.no yo.o.na o he.ya o go ki.bo.o de.su ka 好的，想要什麼樣的房間呢？
わたし wa.ta.shi 我	：	海が見える部屋をお願いします。 u.mi ga mi.e.ru he.ya o o ne.ga.i shi.ma.su 請給我看得到海的房間。
フロント fu.ro.n.to 櫃檯	：	かしこまりました。 ka.shi.ko.ma.ri.ma.shi.ta 了解了。

漫遊日本Q&A！ 飯店和旅館提供的物品

Q：日本浴衣的穿法？

　　A 左襟壓在右襟上　　B 右襟壓在左襟上

　　C 左右中間對齊　　D 沒有硬性規定

　　在日本住宿，房間裡已經準備好的牙膏、牙刷、茶包等等，當然可以自由使用。但是如果享用冰箱裡的飲料、零食等等，或是撥打日本國內、國際電話，則須依實際情況，在退房時自行付費。

　　其中最特別的，是不管是在西式飯店還是日式旅館，房間裡都會附上折疊整齊的「浴衣」（浴衣），那是方便在睡覺時穿的。提醒親愛的讀者，除了溫泉地的飯店或溫泉之外，其他地方不可以穿浴衣跑來跑去喔！另外，浴衣的穿法是左襟壓在右襟上面。在日本，只有往生者才會把右襟穿在上面，所以可別穿錯囉！

答案：A

かんない
館内 ka.n.na.i 飯店內

レストラン は何階になんがいありますか。

re.su.to.ra.n wa na.n.ga.i ni a.ri.ma.su ka　餐廳 在幾樓呢？

把以下單字套進 □ ，開口說說看！

売店 ばいてん ba.i.te.n 小賣店	**プール** pu.u.ru 游泳池	**大浴場** だいよくじょう da.i.yo.ku.jo.o 大浴場
フィットネスクラブ fi.t.to.ne.su.ku.ra.bu 健身房	**コイン ランドリー** ko.i.n.ra.n.do.ri.i 投幣式自動洗衣店	**カラオケ ルーム** ka.ra.o.ke.ru.u.mu 卡拉OK室

跟日本人說說看！

準備篇

機場篇

交通篇

住宿篇

用餐篇

觀光篇

購物篇

困擾篇

わたし	：	すみません、プールは何階にありますか。
wa.ta.shi		su.mi.ma.se.n pu.u.ru wa na.n.ga.i ni a.ri.ma.su ka
我	：	對不起，游泳池在幾樓呢？
スタッフ	：	７階です。
su.ta.f.fu		na.na.ka.i de.su
工作人員	：	七樓。
わたし	：	２４時間利用できますか。
wa.ta.shi		ni.ju.u.yo.ji.ka.n ri.yo.o de.ki.ma.su ka
我	：	二十四小時都可以使用嗎？
スタッフ	：	いいえ、12時までのオープンです。
su.ta.f.fu		i.i.e ju.u.ni.ji ma.de no o.o.pu.n de.su
工作人員	：	不是，是開到十二點。
わたし	：	そうですか。どうも。
wa.ta.shi		so.o de.su ka do.o.mo
我	：	那樣啊。謝謝。

漫遊日本Q＆Ａ！ 日本泡湯樂趣多

Q：日本泡湯要注意什麼事項？

　Ａ 飯後再泡湯　　　Ｂ 穿游泳衣入池

　Ｃ 洗淨身體後再入池　Ｄ 用浴巾包住身體入池

　　說到日本的住宿，最令人興奮的，莫過於住在溫泉飯店或溫泉旅館了。為什麼呢？那是因為除了房間裡面有溫泉外，飯店和旅館還設有大浴場。比較有規模的，甚至還有好幾池溫泉，各池溫度不同，造景也各異其趣，所以能在日本泡湯，真是人生一大樂事。

　　不過在日本泡湯，要注意幾件事：①飯前和飯後不要泡湯，不然會消化不良；②要脫光衣服才可進去；③全身洗淨後再入池，以免汙染泉水；④不可因為不好意思，就把用來遮身體的浴巾帶進浴池；⑤泡完以後不要沖水，否則可惜了溫泉的效果。

答案：C　　43

ルームサービス

ru.u.mu sa.a.bi.su　客房服務

モーニングコール を
ねが
お願いしたいんですが。

mo.o.ni.n.gu.ko.o.ru o o ne.ga.i shi.ta.i n de.su ga

我想要 Morning Call ……。

把以下單字套進 □□□，開口說說看！

こおり
氷
ko.o.ri
冰塊

クリーニング
ku.ri.i.ni.n.gu
送洗衣服

しゅう り
クーラーの修理
ku.u.ra.a no shu.u.ri
修理冷氣機

の
飲みもの
no.mi.mo.no
飲料

と　　か
シーツの取り替え
shi.i.tsu no to.ri.ka.e
換床單

て はい
タクシーの手配
ta.ku.shi.i no te.ha.i
叫計程車

準備篇

機場篇

交通篇

住宿篇

用餐篇

觀光篇

購物篇

困擾篇

跟日本人說說看！

わたし	：	明日、7時にモーニングコールをお願いしたいんですが。
wa.ta.shi 我	： ：	a.shi.ta shi.chi.ji ni mo.o.ni.n.gu.ko.o.ru o o ne.ga.i shi.ta.i n de.su ga 想要麻煩明天七點Morning Call……。

フロント	：	かしこまりました。7時ですね。
fu.ro.n.to 櫃檯	： ：	ka.shi.ko.ma.ri.ma.shi.ta shi.chi.ji de.su ne 了解了。是七點吧。

わたし	：	はい。それと部屋のヒーターが効かないんですが。
wa.ta.shi 我	： ：	ha.i so.re to he.ya no hi.i.ta.a ga ki.ka.na.i n de.su ga 是的。還有房間的暖氣不能用……。

フロント	：	失礼しました。
fu.ro.n.to	：	shi.tsu.re.e shi.ma.shi.ta
		今すぐ係りのものを修理に伺わせます。
櫃檯	：	i.ma su.gu ka.ka.ri no mo.no o shu.u.ri ni u.ka.ga.wa.se.ma.su 不好意思。 現在馬上叫工作人員去修理。

漫遊日本Q&A！ 日本飯店和旅館的費用

Q：下列哪一個國家，住宿飯店不需額外給小費？

　Ａ 中國　Ｂ 美國　Ｃ 日本　Ｄ 法國

　　日本的住宿依等級不同，費用有高有低，便宜的五、六千日圓，貴的數萬日圓亦比比皆是。比較特別的是計費方式，多以人頭計算，而非以房間數來收費。

　　另外，都會型的住宿多會附上早餐，或者西式，或者日式。至於溫泉飯店幾乎都是「一宿二餐」（一泊二食），也就是住宿費裡含住宿當天的晚餐、以及次日的早餐，無非是希望旅客可以輕輕鬆鬆地渡過。又，在日本無論住宿飯店或旅館，提行李、整理房間、客房服務……等等，皆不需額外支付任何小費。或許這就是日本「以客為尊」的最高表現吧！

いただきます！ 開動！

到美食天國日本，豈可不大快朵頤？
本單元先教您這些美食的日文，
再告訴您如何點餐。
帶著這本書，安啦！！

STEP 5.

しょくじ
食事
用餐

ラーメン屋 <ruby>屋<rt>や</rt></ruby> 拉麵店	**屋台** <ruby>屋台<rt>やたい</rt></ruby> 路邊攤
レストラン 餐廳	**ファーストフード** 速食
居酒屋 <ruby>居酒屋<rt>いざかや</rt></ruby> 居酒屋	**焼肉屋** <ruby>焼肉屋<rt>やきにくや</rt></ruby> 烤肉店
寿司屋 <ruby>寿司屋<rt>すしや</rt></ruby> 壽司店	**ちゃんこ鍋屋** <ruby>鍋屋<rt>なべや</rt></ruby> 力士鍋店
割烹屋 <ruby>割烹屋<rt>かっぽうや</rt></ruby> 日本料理店	**喫茶店** <ruby>喫茶店<rt>きっさてん</rt></ruby> 咖啡廳

ラーメン屋<ruby>屋<rt>や</rt></ruby> ra.a.me.n.ya 拉麺店

<ruby>少<rt>すこ</rt></ruby>し しょっぱい んですが。

su.ko.shi sho.p.pa.i n de.su ga 有點 鹹 ……。

把以下單字套進 ，開口說說看！

すっぱい su.p.pa.i 酸	**<ruby>甘<rt>あま</rt></ruby>い** a.ma.i 甜	**<ruby>濃<rt>こ</rt></ruby>い** ko.i 濃
<ruby>辛<rt>から</rt></ruby>い ka.ra.i 辣	**<ruby>苦<rt>にが</rt></ruby>い** ni.ga.i 苦	**<ruby>薄<rt>うす</rt></ruby>い** u.su.i 淡

跟日本人說說看！

準備篇

機場篇

交通篇

住宿篇

用餐篇

觀光篇

購物篇

困擾篇

わたし wa.ta.shi 我	： ： ：	味噌ラーメンを一つ。 mi.so ra.a.me.n o hi.to.tsu 味噌拉麵一碗。
店員 te.n.i.n 店員	： ：	はい。(味噌ラーメンを出す。) ha.i mi.so ra.a.me.n o da.su 好的。（端出味噌拉麵。）
わたし wa.ta.shi 我	： ：	少ししょっぱいんですが。 su.ko.shi sho.p.pa.i n de.su ga 有點鹹……
店員 te.n.i.n 店員	： ：	失礼しました。 shi.tsu.re.e.shi.ma.shi.ta 今すぐ、作り替えます。 i.ma su.gu tsu.ku.ri.ka.e.ma.su 對不起。 現在立刻重做一碗。

漫遊日本Q&A！ 多元美味的日本拉麵

Q：日本的味噌拉麵，誕生於何地？

A 札幌 B 東京 C 大阪 D 博多

　　日本的拉麵依照區域及口味，大致可分為：①味噌湯頭的「北海道札幌味噌拉麵」；②透明清淡、豬骨鹽味湯頭的「北海道函館鹽味拉麵」；③口味清爽、鰹魚醬油湯頭的「關東東京醬油拉麵」；④乳白色、濃厚豬骨湯頭的「九州博多豚骨拉麵」。這些拉麵，好不好吃的關鍵均在湯頭，所以別忘了把湯喝光光喔！

　　另外提醒您，在日本點拉麵時，可以選擇麵的硬度。而吃不夠時，也可以多花一百日圓左右，再來一團麵，這叫做「替え玉」。還有吃拉麵吸入麵條時，不用顧及形象，再怎麼大聲也沒關係。這些日本拉麵文化，是不是很好玩呢？

答案：A

レストラン　re.su.to.ra.n　餐廳

Bセットには スープ がつきます。

ビー

bi.i se.t.to ni wa su.u.pu ga tsu.ki.ma.su

B套餐附 湯 。

把以下單字套進 □□ ，開口說說看！

フルーツ
fu.ru.u.tsu
水果

サラダ
sa.ra.da
沙拉

デザート
de.za.a.to
甜點

ドリンク
do.ri.n.ku
飲料

おまけのおもちゃ
o.ma.ke no o.mo.cha
贈品玩具

わがし
和菓子
wa.ga.shi
和風點心

跟日本人說說看！

ウエートレス ：	ご注文はお決まりですか。
u.e.e.to.re.su	go chu.u.mo.n wa o ki.ma.ri de.su ka
服務生 ：	決定點什麼了嗎？

わたし ：	明太子スパゲッティをセットで。
wa.ta.shi	me.n.ta.i.ko su.pa.ge.t.ti o se.t.to de
我 ：	明太子義大利麵，我要套餐。

ウエートレス ：	Ａセットにはサラダがつきます。
u.e.e.to.re.su	e.e se.t.to ni wa sa.ra.da ga tsu.ki.ma.su
	サラダのドレッシングは何になさいますか。
	sa.ra.da no do.re.s.shi.n.gu wa na.n ni na.sa.i.ma.su ka
服務生 ：	Ａ套餐附沙拉。
	沙拉要什麼醬呢？

わたし ：	サウザンアイランドで。
wa.ta.shi	sa.u.za.n.a.i.ra.n.do de
我 ：	千島醬。

ウエートレス ：	かしこまりました。
u.e.e.to.re.su	ka.shi.ko.ma.ri.ma.shi.ta
服務生 ：	知道了。

漫遊日本Q&A！ 青出於藍的「和風洋食」

Q：在日本西餐廳用餐，下列哪項禮節是錯誤的？
　　Ａ 餐巾要掛在脖子上　　Ｂ 包包放在椅背或右邊地上
　　Ｃ 右手拿刀，左手拿叉　　Ｄ 喝葡萄酒只拿杯腳

　　如果到日本只吃日本料理，等於入寶山空手而回，因為日本的「和風洋食」獨樹一格，口味絕對不輸給西方。例如「牛排」（ステーキ）到了日本，還有「蘿蔔泥醬汁」可供選擇。又例如「義大利麵」（スパゲッティ）除了傳統口味外，日本人還多方運用海苔、明太子、醬油等日本食材，讓它變化多端。此外更別說已是日本國民料理的「咖哩飯」（カレーライス）、「蛋包飯」（オムライス）、「漢堡排」（ハンバーグ）了。

　　享用「和風洋食」時的禮節和吃西餐時完全相同，所以上述題目中，只有A要改成「餐巾必須攤在膝蓋上」，BCD均為正確禮節。

答案：A　51

居酒屋
<ruby>居酒屋<rt>いざかや</rt></ruby> i.za.ka.ya 居酒屋

さくさく していて おいしいです。

sa.ku.sa.ku.shi.te i.te o.i.shi.i de.su 酥酥脆脆地 很好吃。

把以下單字套進 ⬜⬜ ，開口說說看！

ぱりぱり	ぷりぷり	しっとり
pa.ri.pa.ri	pu.ri.pu.ri	shi.t.to.ri
脆脆地	QQ地	綿綿地

こってり	ふんわり	さっぱり
ko.t.te.ri	fu.n.wa.ri	sa.p.pa.ri
濃濃地	鬆鬆軟軟地	清清爽爽地

跟日本人說說看！

準備篇
機場篇
交通篇
住宿篇
用餐篇
觀光篇
購物篇
困擾篇

店長 て.n.cho.o 店長	：	当店のてんぷらはいかがですか。 to.o.te.n no te.n.pu.ra wa i.ka.ga de.su ka 我們店裡的天婦羅怎麼樣呢？
わたし wa.ta.shi 我	：	さくさくしていてとてもおいしいです。 sa.ku.sa.ku.shi.te i.te to.te.mo o.i.shi.i de.su 酥酥脆脆地，非常好吃。
店長 te.n.cho.o 店長	：	和風サラダはいかがですか。 wa.fu.u sa.ra.da wa i.ka.ga de.su ka 和風沙拉怎麼樣呢？
わたし wa.ta.shi 我	：	さっぱりしていてわたしの口に合います。 sa.p.pa.ri.shi.te i.te wa.ta.shi no ku.chi ni a.i.ma.su 清清爽爽地，很合我的胃口。
店長 te.n.cho.o 店長	：	それはよかった。 so.re wa yo.ka.t.ta 那太好了。

漫遊日本Q＆A！ 到「居酒屋」乾杯

Q：居酒屋菜單中的「焼き鳥」，指的是什麼？

A 燒肉 B 烤小鳥 C 各式串燒 D 小鳥形狀的紅豆餅

到日本，一定要體驗日本的居酒屋文化！

日本的居酒屋是提供酒類和料理的餐廳，雖然中、晚餐也可以去，但最適合飯後、宵夜時間前往小酌一番。可以點到什麼料理呢？最常見的有「焼き鳥」（各式串燒）、「おでん」（關東煮）、「枝豆」（毛豆）、「刺身」（生魚片）、「唐揚げ」（日式炸雞），樣樣皆是下酒好菜。最重要的是乾一杯吧！在居酒屋裡，啤酒、日本酒、洋酒、果汁、汽水……，各式飲料應有盡有。如果您是第一次去，建議您喝喝看「梅サワー」（梅子沙瓦），汽水＋梅子酒的好滋味，很難形容喔！

答案：C

寿司屋 ^{すしや} su.shi.ya 寿司店

うに とトロを ください。

u.ni to to.ro o ku.da.sa.i

請給我 海膽 和鮪魚腹。

把以下單字套進 □□□ ，開口說說看！

えび e.bi 蝦	

たこ
ta.ko
章魚

いくら
i.ku.ra
鮭魚子

穴子 ^{あなご}
a.na.go
星鰻

玉子焼き ^{たまごや}
ta.ma.go.ya.ki
玉子燒

いか
i.ka
花枝

跟日本人說說看！

準備篇

機場篇

交通篇

住宿篇

用餐篇

觀光篇

購物篇

困擾篇

寿司職人 su.shi.sho.ku.ni.n 壽司師傅	：	何になさいますか。 na.n ni na.sa.i.ma.su ka 請問要什麼呢？
わたし wa.ta.shi 我	：	まずは中トロと鉄火巻きをください。 ma.zu wa chu.u.to.ro to te.k.ka.ma.ki o ku.da.sa.i 請先給我鮪魚中腹和鮪魚海苔捲。
寿司職人 su.shi.sho.ku.ni.n 壽司師傅	：	はい。 ha.i 好的。
わたし wa.ta.shi 我	：	あっ、中トロはサビ抜きでお願いします。 a.t chu.u.to.ro wa sa.bi nu.ki de o ne.ga.i.shi.ma.su 啊，麻煩鮪魚中腹不要放芥末。

漫遊日本Q＆A！ 到壽司發祥地日本品嚐海的美味

Q：為什麼迴轉壽司店放壽司的盤子，花花綠綠的有各種顏色？

　　A 增加顧客食慾　　　B 用來搭配壽司

　　C 用來計算費用　　　D 老闆個人喜好

　　壽司在台灣雖然也吃得到，但是到了發祥地日本，種類更多、味道更道地，豈可錯過！

　　日本的壽司約可分：①米飯上放著食材的「握り寿司」（握壽司）；②用海苔捲住食材的「巻き寿司」（捲壽司）；③米飯和海鮮、蔬菜拌在一起的「ちらし寿司」（散壽司）；④豆皮包住米飯的「稲荷寿司」（稻荷壽司）。若在一般壽司店的櫃檯前，一邊欣賞壽司師傅的技藝一邊品嚐，會覺得不虛此行。若在迴轉壽司店，看著目不暇給的美味，也是一大樂趣。只是動手拿迴轉壽司之前，別忘了確認盤子的顏色和花紋，因為不一樣的盤子，代表不同的價格。

答案：C

割烹屋 ka.p.po.o.ya 日本料理店

かっぽう や

分けて 食べたいんですが。
わ　た

wa.ke.te ta.be.ta.i n de.su ga　想 分著 吃……。

把以下單字套進 ，開口說說看！

焼いて
ya.i.te
烤來

生で
na.ma de
生著

スープにして
su.u.pu ni shi.te
變成湯來

6人で
ro.ku.ni.n de
六個人

蒸して
mu.shi.te
蒸來

温かくして
a.ta.ta.ka.ku shi.te
溫熱來

56

跟日本人說說看！

わたし wa.ta.shi 我	：	本日のおすすめは何ですか。 ho.n.ji.tsu no o.su.su.me wa na.n de.su ka 今天推薦的是什麼呢？
店員 te.n.i.n 店員	： ：	今日は、新鮮で甘みのある平目が入ってますが。 kyo.o wa shi.n.se.n de a.ma.mi no a.ru hi.ra.me ga ha.i.t.te.ma.su ga 刺身で食べると最高です。 sa.shi.mi de ta.be.ru to sa.i.ko.o de.su 今天進了新鮮甘甜的比目魚……。 做生魚片來吃的話很棒。
わたし wa.ta.shi 我	：	焼いて食べたいんですが。 ya.i.te ta.be.ta.i n de.su ga 我想烤來吃……。
店員 te.n.i.n 店員	：	焼いてもとてもおいしいですよ。 ya.i.te.mo to.te.mo o.i.shi.i de.su yo 烤的也很好吃喔！

漫遊日本Q&A！ 享用日本料理時的禮節

Q：享用日本料理時，以下哪一項是正確禮節？
　　A 先從離自己最遠的那道料理挾起
　　B 吃生魚片時，要把芥末確實溶在醬油裡面吃
　　C 吃完料理，要把餐具疊在一起
　　D 吃茶碗蒸時，可以攪拌來吃

　　享用日本料理時，面對滿桌子的豐盛菜餚，要從哪一盤開始下手呢？其實一點都不難，只要掌握：①從「最靠近自己的菜餚」下筷；②先用左邊那一道，再用右邊那一道；③接著取用中間那一道；④最後再享用離自己最遠的幾道即可。

　　其他像是日本人吃生魚片時，不會把芥末和醬油混著吃，而是把芥末放在生魚片上面，再沾醬油一起吃；日式餐具大多都是漆器做的，容易刮傷，吃完不可以疊在一起；茶碗蒸是唯一可以把裡面的料拌來吃的日本料理等等，都是享用日本料理的基本禮節。請記起來，讓日本人對您也刮目相看喔！

答案：D

<ruby>屋台<rt>や たい</rt></ruby> ya.ta.i 路邊攤

まずは ビール ちょうだい。

ma.zu wa bi.i.ru cho.o.da.i 先來 啤酒 。

把以下單字套進 □□□ ，開口說說看！

ウーロン<ruby>茶<rt>ちゃ</rt></ruby>
u.u.ro.n.cha
烏龍茶

<ruby>焼<rt>や</rt></ruby>きおにぎり
ya.ki.o.ni.gi.ri
烤飯糰

おでん
o.de.n
關東煮

お<ruby>茶漬<rt>ちゃ づ</rt></ruby>け
o.cha.zu.ke
茶泡飯

ちゃんぽん<ruby>麺<rt>めん</rt></ruby>
cha.n.po.n.me.n
什錦麵（強棒麵）

<ruby>焼酎<rt>しょうちゅう</rt></ruby>
sho.o.chu.u
燒酒

58

跟日本人說說看！

準備篇

機場篇

交通篇

住宿篇

用餐篇

觀光篇

購物篇

困擾篇

おやじさん ： o.ya.ji sa.n 老闆 ：	いらっしゃい。 i.ra.s.sha.i 歡迎、歡迎！
わたし ： wa.ta.shi 我 ：	まずは焼酎ちょうだい。 ma.zu wa sho.o.chu.u cho.o.da.i 先來燒酒。
おやじさん ： o.ya.ji sa.n 老闆 ：	あいよ! a.i yo 沒問題。（「あいよ」為「はい」粗魯的說法）
わたし ： wa.ta.shi 我 ：	あっ、それからちゃんぽん麺と焼きおにぎりも。 a.t so.re ka.ra cha.n.po.n.me.n to ya.ki.o.ni.gi.ri mo 啊，還要什錦麵和烤飯糰。

漫遊日本Q＆A！ 日本的酒

Q：日本沒有釀造哪一種酒？

A 紹興酒 B 米酒 C 吟釀酒 D 啤酒

　　吃西餐要喝紅、白葡萄酒，參加台灣結婚喜宴會喝紹興酒，吃快炒時先來杯啤酒……，美酒和美食相得益彰，兩者早已脫離不了關係。如此說來，在日本吃日本料理時，要喝什麼酒呢？

　　首先是啤酒，日本各大知名品牌，現在在台灣也買得到。接著是「清酒」，日本把用米做的酒統稱為清酒，依白米、米麴、水等比率之不同，還可以分為「純米酒」、「吟釀酒」、「本釀造酒」等等。至於蒸餾酒「焼酎」（燒酒），除了米之外，還可以用麥、地瓜、黑糖、蕎麥等等作原料，釀出來的香氣和口感也不盡相同，不妨也入境隨俗，品嚐看看。

答案：A

ファーストフード fa.a.su.to fu.u.do 速食

ダブルチーズバーガー をポテトセットで。

da.bu.ru chi.i.zu ba.a.ga.a o po.te.to se.t.to de

給我 雙層吉士漢堡 搭配薯條套餐。

把以下單字套進 □□ ，開口說說看！

ビッグマック bi.g.gu ma.k.ku 大麥克	**照り焼きバーガー** te.ri.ya.ki ba.a.ga.a 照燒漢堡	**チキンバーガー** chi.ki.n ba.a.ga.a 雞堡
フィレオフィッシュ fi.re.o fi.s.shu 魚堡	**ベーコンレタスバーガー** be.e.ko.n re.ta.su ba.a.ga.a 培根美生菜漢堡	**チキンナゲット** chi.ki.n na.ge.t.to 麥克雞塊

跟日本人說說看！

店員 ： te.n.i.n 店員 ：	ご注文は。 go chu.u.mo.n wa 請問要點什麼？
わたし ： wa.ta.shi 我 ：	照り焼きバーガーをポテトセットで。 te.ri.ya.ki ba.a.ga.a o po.te.to se.t.to de 我要照燒漢堡搭配薯條套餐。
店員 ： te.n.i.n 店員 ：	ドリンクは何になさいますか。 do.ri.n.ku wa na.n ni na.sa.i.ma.su ka 飲料要什麼呢？
わたし ： wa.ta.shi 我 ：	ホットコーヒーをください。 ho.t.to ko.o.hi.i o ku.da.sa.i 請給我熱咖啡。

漫遊日本Q&A！ 日本的「速食」

Q：下列哪家速食店，是日本自創品牌？

A 肯德基炸雞 B 麥當勞 C Mister Donut D 摩斯漢堡

一九七〇年代初期由歐美導入日本的「速食」，日本人把原文「fast food」用外來語「ファーストフード」表示，經過幾十年，速食也成為日本飲食文化之一。

日本的速食店一開始全是外資的公司，例如「ケンタッキーフライドチキン」（肯德基炸雞）、「マクドナルド」（麥當勞）、「ミスタードーナツ」（Mister Donut），後來日本公司「モスバーガー」（摩斯漢堡）等也進軍此市場，創造出帶有日本風味的速食，讓選擇更加多元。

眾所周知，速食講求的就是「便宜」和「快速」，這樣的飲食文化也直接影響到日本美食，像在日本車站許多「立ち食い」（站著吃）的店，就是這麼來的。

答案：D　　

準備篇

機場篇

交通篇

住宿篇

用餐篇

觀光篇

購物篇

困擾篇

やきにく や
焼肉屋 ya.ki.ni.ku.ya 烤肉店

カルビ の量は
どれくらいですか。

ka.ru.bi no ryo.o wa do.re ku.ra.i de.su ka

牛五花 的量，大約多少呢？

把以下單字套進 □□□ ，開口說說看！

ハラミ
ha.ra.mi
腹胸肉

ミノ
mi.no
牛肚

ぶた
豚ロース
bu.ta ro.o.su
豬里肌

ぎゅう
牛ロース
gyu.u ro.o.su
牛里肌

しお
塩タン
shi.o ta.n
鹽味牛舌

レバー
re.ba.a
肝

跟日本人說說看！

店員 て.n.i.n	：	ご注文はお決まりですか。 go chu.u.mo.n wa o ki.ma.ri de.su ka
店員	：	決定點什麼了嗎？
わたし wa.ta.shi	：	豚ロースの量はどれくらいですか。 bu.ta ro.o.su no ryo.o wa do.re ku.ra.i de.su ka
我	：	豬里肌的量，大約多少呢？
店員 て.n.i.n	：	2人前くらいです。 ni.ni.n.ma.e ku.ra.i de.su
店員	：	大約兩人份。
わたし wa.ta.shi	：	じゃ、それとミノをそれぞれ1つずつお願いします。 ja so.re to mi.no o so.re.zo.re hi.to.tsu zu.tsu o ne.ga.i shi.ma.su
我	：	那麼，麻煩給我那個和牛肚各一份。

漫遊日本Q&A！ 香氣十足的「日本燒肉店」

Q：您知道日本的「燒肉日」是幾月幾日嗎？

A 一月一日　B 五月五日　C 八月二十九日　D 十一月二十日

　　所謂的「燒肉」就是烤肉。印象中是韓國美食的「燒肉」，在日本也自成流派，發展出讓人光聞味道就垂涎三尺的燒肉文化。日本全國燒肉協會甚至把每年的八月二十九日定為「燒肉日」，因為八二九的日文發音「八二九」，和燒肉的日文「燒肉」發音十分相似，此外也希望大家在炎炎夏日多吃燒肉，以維持精力。

　　比起台灣的烤肉無所不烤，日本的燒肉店最常出的菜是「カルビ」（牛五花）、「牛ロース」（牛里肌）和「牛タン」（牛舌）。至於口味有醬油、鹽味、味噌可供選擇。日本的燒肉厲害的地方是烤過的肉就算不沾醬也十分多汁，所以有機會，您一定得去嚐嚐！

答案：C　　63

ちゃんこ鍋屋（なべや）

cha.n.ko.na.be.ya　力士鍋店

おおぜき
大関コースは
塩（しお）味（あじ）です。

o.o.ze.ki ko.o.su wa shi.o a.ji de.su　大關套餐是 鹽 味。

把以下單字套進 □ ，開口說說看！

赤味噌（あかみそ）
a.ka mi.so
紅味噌

醬油（しょうゆ）
sho.o.yu
醬油

キムチ
ki.mu.chi
泡菜

ホワイトソース
ho.wa.i.to so.o.su
白醬

白味噌（しろみそ）
shi.ro mi.so
白味噌

カレー
ka.re.e
咖哩

64

跟日本人說說看！

わたし wa.ta.shi 我	：**横綱コースはどんな味のスープですか。** yo.ko.zu.na ko.o.su wa do.n.na a.ji no su.u.pu de.su ka ：橫綱套餐是什麼味道的湯呢？
店員 te.n.i.n 店員	：**横綱コースは味噌味です。** yo.ko.zu.na ko.o.su wa mi.so a.ji de.su ：橫綱套餐是味噌味。
わたし wa.ta.shi 我	：**じゃ、この小結コースは。** ja ko.no ko.mu.su.bi ko.o.su wa ：那麼，這個小結套餐呢？
店員 te.n.i.n 店員	：**小結コースはカレー味です。** ko.mu.su.bi ko.o.su wa ka.re.e a.ji de.su ：小結套餐是咖哩味。

漫遊日本Q&A！ 絕無僅有的「日本力士鍋」

Q：日本的「大相撲」，地位最高的選手為何？

A 横綱 B 大關 C 關脇 D 小結

　　要了解日本的力士鍋，先要知道日本的國粹「**大相撲**」（大相撲）。

　　起源於江戶時代的大相撲是一項運動，每年有六次「**本場所**」（正式比賽）。大相撲的選手稱為「**力士**」，最厲害的選手稱之為「**幕内**」，而幕内依地位高低，又可分為「**横綱**」、「**大関**」、「**関脇**」、「**小結**」、「**前頭**」。

　　力士的受訓非常嚴格，為了維持體力，他們每天都要吃既健康又營養的「**ちゃんこ鍋**」（力士鍋）。至於市面上的力士鍋店，絕大多數是退休後的力士所開，味道相當道地，不妨搭配觀賞大相撲比賽行程，順道前往品嚐。

答案：A

65

準備篇
機場篇
交通篇
住宿篇
用餐篇
觀光篇
購物篇
困擾篇

喫茶店
きっさてん

ki.s.sa.te.n 咖啡廳

注文したのは かき氷 なんですが。
ちゅうもん ごおり

chu.u.mo.n.shi.ta no wa ka.ki.go.o.ri na n de.su ga
點的是 剉冰……。

把以下單字套進 □□ ，開口說說看！

プリン
pu.ri.n
布丁

アイスクリーム
a.i.su.ku.ri.i.mu
冰淇淋

パンナコッタ
pa.n.na.ko.t.ta
義式奶酪

チーズケーキ
chi.i.zu.ke.e.ki
起士蛋糕

チョコレートケーキ
cho.ko.re.e.to.ke.e.ki
巧克力蛋糕

ティラミス
ti.ra.mi.su
提拉米蘇

跟日本人說說看！

店員 て ん い ん te.n.i.n	：	おまたせしました。 o.ma.ta.se.shi.ma.shi.ta
店員	：	抹茶のかき氷でございます。 ま っ ち ゃ　　　　ご お り ma.c.cha no ka.ki.go.o.ri de go.za.i.ma.su 讓您久等了。 這是抹茶的剉冰。
わたし wa.ta.shi 我	：	注文したのはアイスクリームなんですが。 ちゅうもん chu.u.mo.n.shi.ta no wa a.i.su.ku.ri.i.mu na n de.su ga 我點的是冰淇淋……。
店員 て ん い ん te.n.i.n	：	失礼しました。 し つ れ い shi.tsu.re.e.shi.ma.shi.ta
店員	：	今すぐご注文のものをもってきます。 い ま　　　　ちゅうもん i.ma su.gu go chu.u.mo.n no mo.no o mo.t.te ki.ma.su 對不起。 現在立刻送您點的過來。

漫遊日本Q&A！ 日本的「喫茶店」

Q：日本的「喫茶店」指的是什麼？

　　A 日本茶專賣店　B 紅茶專賣店　C 手搖飲料店　D 咖啡廳

　　日文的「喫茶店」是什麼呢？依字面上的意思，是「提供喝茶
き っ さ て ん
的店」，但其實就是所謂的「咖啡廳」。在店裡，可以點到咖
啡、紅茶等酒類以外的飲料，當然也提供蛋糕、點心等。

　　在日本，常會聽到「お茶しませんか」（不喝一下茶嗎？）
ちゃ
或「お茶でも飲みませんか」（要不要去喝杯茶呢？）。這兩
ちゃ　　 の
句話，表面上雖然都是邀約對方去「喝茶」，但也是朋友之間
邀約休息一下、喝杯飲料的常用對話。另外，如果是對不熟的
人說這些話，也含有搭訕的意味喔！

答案：D　　

準備篇

機場篇

交通篇

住宿篇

用餐篇

觀光篇

購物篇

困擾篇

わあ、富士山（ふじさん）だぁ。 哇！富士山耶！

風情萬種的日本，最值得細細品味！
本單元教您用最簡單的會話，
在觀光地和日本人交流，
保證讓您更深入了解日本！

STEP 6.

かんこう
観光
觀光

富士山 (ふじさん) 富士山	**金閣寺** (きんかくじ) 金閣寺
浅草寺 (せんそうじ) 淺草寺	**温泉** (おんせん) 溫泉
大阪城 (おおさかじょう) 大阪城	**日光東照宮** (にっこうとうしょうぐう) 日光東照宮
さっぽろ雪祭り (ゆきまつ) 札幌雪祭	**東京ディズニーランド** (とうきょう) 東京迪士尼樂園

富士山 <ruby>ふ<rt></rt></ruby><ruby>じ<rt></rt></ruby><ruby>さん<rt></rt></ruby> fu.ji.sa.n 富士山

山頂 <ruby>さんちょう<rt></rt></ruby> まではあと どれくらいですか。

sa.n.cho.o ma.de wa a.to do.re ku.ra.i de.su ka

到 山頂 大概還要多久呢？

把以下單字套進 □ ，開口說說看！

八合目 はちごうめ ha.chi.go.o.me 八合目	**山小屋** やまごや ya.ma.go.ya 登山休息、避難小屋	**駐車場** ちゅうしゃじょう chu.u.sha.jo.o 停車場
六合目 ろくごうめ ro.ku.go.o.me 六合目	**九合目** きゅうごうめ kyu.u.go.o.me 九合目	**レストハウス** re.su.to.ha.u.su 休息處

跟日本人說說看！

わたし wa.ta.shi 我	： ： ：	すみません、七合目(ななごうめ)まではあとどれくらいですか。 su.mi.ma.se.n na.na.go.o.me ma.de wa a.to do.re ku.ra.i de.su ka 對不起，到七合目大概還要多久？
登山者(とざんしゃ) to.za.n.sha 登山者	： ： ：	500(ごひゃく)メートルくらいかな。 go.hya.ku me.e.to.ru ku.ra.i ka.na 大概五百公尺吧！
わたし wa.ta.shi 我	： ： ：	え～、まだそんなに遠(とお)いんですか。 e.e ma.da so.n.na ni to.o.i n de.su ka 咦～，還那麼遠啊？
登山者(とざんしゃ) to.za.n.sha 登山者	： ： ：	もうすぐだよ。がんばって。 mo.o.su.gu da yo ga.n.ba.t.te 就快囉！加油！
わたし wa.ta.shi 我	： ： ：	はい!! ha.i 好！！

漫遊日本Q&A！ 富士山&「合目」

Q：富士山屬於哪一類型的山？

Ａ 活火山 Ｂ 死火山 Ｃ 休火山 Ｄ 普通的山

　　日本的聖山「富士山」，橫跨「靜岡縣」和「山梨縣」，標高三七七六公尺，是日本最高峰，也是一座活火山。

　　由於富士山是活火山，所以觀光的同時，也可享受洗溫泉的樂趣。另外知名的「富士五湖」，都是富士山火山爆發後形成的湖泊，建議您不要錯過在高山湖泊上搭船的行程，因為那裡的湖光山色，實在教人流連忘返。

　　此外，到富士山也可以從事爬山活動。在爬山時，所謂的「六合目」、「八合目」等等的「合目」，指的是爬到的位置。最高的地方是「十合目」，「一合目」就是大約爬了十分之一的高度。這種計算方式，是不是很有趣呢？

答案：A

浅草寺

せんそうじ

se.n.so.o.ji 淺草寺

手を叩いては いけません。

て たた

te o ta.ta.i.te wa i.ke.ma.se.n

不可以 拍手 。

把以下單字套進 □□□ ，開口說說看！

中に入って

なか はい

na.ka ni ha.i.t.te

進去裡面

食べものを 食べて

た た

ta.be.mo.no o ta.be.te

吃東西

大声を出して

おおごえ だ

o.o.go.e o da.shi.te

發出大的聲音

お地蔵さんを叩いて

じ ぞう たた

o.ji.zo.o.sa.n o ta.ta.i.te

敲打地藏王菩薩

お坊さんに 触れて

ぼう

ふ

o.bo.o.sa.n ni fu.re.te

摸和尚

写真を撮って

しゃしん と

sha.shi.n o to.t.te

拍照

準備篇

機場篇

交通篇

住宿篇

用餐篇

觀光篇

購物篇

困擾篇

跟日本人說說看！

わたし	：	（手を叩いて参拝している。）
wa.ta.shi		te o ta.ta.i.te sa.n.pa.i.shi.te i.ru
我	：	（正在拍手參拜。）
観光客	：	手を叩いてはいけませんよ。
ka.n.ko.o.kya.ku		te o ta.ta.i.te wa i.ke.ma.se.n yo
観光客	：	不可以拍手喔！
わたし	：	えっ。
wa.ta.shi		e.t
我	：	咦？
観光客	：	神社では手を叩いてもいいですが、お寺ではいけません。
ka.n.ko.o.kya.ku		ji.n.ja de wa te o ta.ta.i.te mo i.i de.su ga o te.ra de wa i.ke.ma.se.n
観光客	：	在神社拍手沒關係，但是在寺廟不可以。
わたし	：	知りませんでした。ありがとうございます。
wa.ta.shi		shi.ri.ma.se.n.de.shi.ta a.ri.ga.to.o go.za.i.ma.su
我	：	我都不知道。謝謝您。

漫遊日本Q&A！ 日本的「神社」和「寺廟」

Q：參拜日本寺廟時，下列何者不是正確的儀式？

A 洗手 B 投錢到「油錢箱」 C 雙手合十參拜 D 擊掌參拜

　　很多讀者弄不清日本「神社」（神社）和「お寺」（寺廟）的差別，其實區分起來不難，只要先知道「神社」是日本神道信仰的宗教設施，而「寺廟」是佛教的廟宇即可。

　　此外，一般在參拜神社時，都會先經過紅色的「鳥居」（類似牌坊的門），接著在「手水舎」（洗手處）洗洗手，然後把錢投進「賽錢箱」（油錢箱）裡，對著神體「啪、啪」地拍兩次手，最後再行一次禮，即完成儀式。至於到寺廟時，則是先經過「山門」（寺廟正門），之後洗洗手，把錢投進油錢箱，再對著佛像雙手合十參拜。注意！寺廟不是神社，參拜時不可擊掌，千萬別弄錯喔！

おおさかじょう
大阪城
o.o.sa.ka.jo.o　大阪城

しゃしん　　と
写真を撮って
もらえませんか。
sha.shi.n o to.t.te mo.ra.e.ma.se.n ka
能不能幫我 照相 呢？

把以下單字套進 □□□ ，開口說說看！

せつめい **説明して** se.tsu.me.e.shi.te 說明	**ここに書いて** ko.ko ni ka.i.te 寫在這裡	**みち　　あんない** **道を案内して** mi.chi o a.n.na.i.shi.te 指引道路
に　もつ　　も **荷物を持って** ni.mo.tsu o mo.t.te 拿東西	**えい ご　　はな** **英語で話して** e.e.go de ha.na.shi.te 用英文說	**はな** **ゆっくり話して** yu.k.ku.ri ha.na.shi.te 慢慢地說

跟日本人說說看！

わたし	**入館料はいくらですか。**
wa.ta.shi	nyu.u.ka.n.ryo.o wa i.ku.ra de.su ka
我	請問門票要多少錢？

係員	**大人は 600円で、中学生以下は無料です。**
ka.ka.ri.i.n	o.to.na wa ro.p.pya.ku e.n de chu.u.ga.ku.se.e i.ka wa mu.ryo.o de.su
工作人員	大人六百日圓，中學生以下不用錢。

わたし	**すみません、ゆっくり話してもらえませんか。**
wa.ta.shi	su.mi.ma.se.n yu.k.ku.ri ha.na.shi.te mo.ra.e.ma.se.n ka
我	對不起，可以講慢一點嗎？

係員	**ああ、外国の方ですね。**
ka.ka.ri.i.n	a.a ga.i.ko.ku no ka.ta de.su ne
	（英語と中国語の説明書を渡す。）
	e.e.go to chu.u.go.ku.go no se.tsu.me.e.sho o wa.ta.su
工作人員	啊，您是外國人啊。
	（遞給英文和中文的說明書。）

漫遊日本Q&A！ 日本三大城

Q：下列哪一座城，不是日本三大名城之一？

A 大阪城 B 名古屋城 C 熊本城 D 姬路城

　　位於大阪府的大阪城，是日本三大名城之一，別名「金城」和「錦城」。該城乃豐臣秀吉在一五八三年所建造，氣勢宏偉，不但是歷史古蹟，而且四季各有不同風情，所以是到日本絕對不可錯過的景點。

　　三大名城除了大阪城之外，另外的兩座分別是位於愛知縣名古屋市的「名古屋城」，以及位於九州熊本縣的「熊本城」。其中名古屋城別名「金鯱城」、「金城」，在十六世紀時，戰國名將織田信長曾經統馭此處。而別名「銀杏城」的熊本城，乃一五九一年由加藤清正所建，每到秋天，城的四周銀杏樹一片金黃，煞是迷人，是最適合拜訪的季節。

準備篇 機場篇 交通篇 住宿篇 用餐篇 觀光篇 購物篇 困擾篇

答案：D

さっぽろ雪祭り
ゆきまつ

sa.p.po.ro yu.ki.ma.tsu.ri　札幌雪祭

今年はいつもより
こ　と　し

雪が多い そうです。
ゆき　　おお

ko.to.shi wa i.tsu.mo yo.ri yu.ki ga o.o.i so.o de.su

今年比起往年，聽說 雪 比較 多 。

把以下單字套進 □□□ ，開口說說看！

雪が少ない
ゆき　すく
yu.ki ga su.ku.na.i
雪少

参加者が少ない
さんかしゃ　すく
sa.n.ka.sha ga su.ku.na.i
參加者少

開催期間が長い
かいさいきかん　なが
ka.i.sa.i ki.ka.n ga na.ga.i
舉辦期間長

参加者が多い
さんかしゃ　おお
sa.n.ka.sha ga o.o.i
參加者多

温かい
あたた
a.ta.ta.ka.i
溫暖

寒い
さむ
sa.mu.i
冷

跟日本人說說看！

準備篇

機場篇

交通篇

住宿篇

用餐篇

觀光篇

購物篇

困擾篇

わたし wa.ta.shi 我	：	わー、すごい！ wa.a su.go.i 哇啊，好棒！
かんこうきゃく 観光客 ka.n.ko.o.kya.ku 観光客	： ：	おお 大きな雪像でしょう。 o.o.ki.na se.tsu.zo.o de.sho.o ことし いつもより雪が多いそうです。 ko.to.shi wa i.tsu.mo yo.ri yu.ki ga o.o.i so.o de.su 好大的冰雕對不對？ 今年比起往年，聽說雪比較多。
わたし wa.ta.shi 我	： ：	ほんとう そうですか。本当にきれいですね。 so.o de.su ka ho.n.to.o ni ki.re.e.de.su ne 那樣喔！真的好漂亮哪！
かんこうきゃく 観光客 ka.n.ko.o.kya.ku 観光客	： ：	ええ。 e.e 是的。

漫遊日本Q&A！ 北海道的「札幌」

Q：北海道的原住民為何？

Ａ 愛奴族　Ｂ 泰雅族　Ｃ 朝鮮族　Ｄ 大和民族

　　舊稱「蝦夷」的北海道位於日本最北部，佔日本國土的百分之二十二，人口約五百五十萬。北海道的原住民為「アイヌ」（愛奴族），日本人是從明治時代才正式移民至此，開墾至今僅一百餘年。

　　由於北海道真的太大了，若時間不夠，可以選擇最熱鬧的「札幌」做定點之旅。要到札幌，有國際班機直飛「新千歲」機場。到了當地，非拜訪不可的人氣景點是「北海道廳舊本廳舍」、「大通公園」、「時鐘台」三處。相距不遠的三景點，走路不超過十分鐘，而馳名於世的「雪祭」，就是在「大通公園」舉辦的。

答案：A　　77

きんかくじ
金閣寺　ki.n.ka.ku.ji 金閣寺

さんぱい じ かん
参拝時間は
ご ご　　ごじ
午後 5時 までです。

sa.n.pa.i ji.ka.n wa go.go go.ji ma.de de.su

參拜時間到下午 五點 為止。

把以下單字套進 □□ ，開口說說看！

	よ じ **4時** yo.ji 四點	**しち じ にじゅっぷん** **7時20分** shi.chi.ji ni.ju.p.pu.n 七點二十分
ご じ さんじゅっぷん **5時30分** go.ji sa.n.ju.p.pu.n 五點半	**ろく じ ごじゅっぷん** **6時50分** ro.ku.ji go.ju.p.pu.n 六點五十分	**はち じ じゅっぷん** **8時10分** ha.chi.ji ju.p.pu.n 八點十分

跟日本人說說看！

準備篇
機場篇
交通篇
住宿篇
用餐篇
觀光篇
購物篇
困擾篇

わたし wa.ta.shi 我	：	キラキラしていてきれいですね。 ki.ra.ki.ra.shi.te i.te ki.re.e.de.su ne 閃閃發光地好漂亮哪。
観光客^{かんこうきゃく} ka.n.ko.o.kya.ku 觀光客	：	ええ。でも銀閣寺^{ぎんかくじ}もいいですよ。 e.e de.mo gi.n.ka.ku.ji mo i.i de.su yo 是的。不過銀閣寺也不錯喔！
わたし wa.ta.shi 我	：	これから行^いくつもりです。 ko.re ka.ra i.ku tsu.mo.ri de.su 接下來正打算要去。
観光客^{かんこうきゃく} ka.n.ko.o.kya.ku 觀光客	：	でも、銀閣寺^{ぎんかくじ}は4時半^{よじはん}までですよ。 de.mo gi.n.ka.ku.ji wa yo.ji ha.n ma.de de.su yo 不過，銀閣寺到四點半為止喔！
わたし wa.ta.shi 我	：	じゃ、明日^{あした}行^いってみます。 ja a.shi.ta i.t.te mi.ma.su 那麼，明天再去看看。

漫遊日本Q&A！ 京都名所「金閣寺」

Q：下列哪一位日本作家，寫過和「金閣寺」有關的作品？

　 Ａ 三島由紀夫　Ｂ 川端康成　Ｃ 夏目漱石　Ｄ 村上春樹

　　正式名稱應為「鹿苑寺^{ろくおんじ}」的金閣寺，位於京都市北區，是「臨濟宗」的寺院，已於一九九四年被登錄為世界遺產，是到京都絕對不能錯過的景點。

　　此寺之所以會被通稱為「金閣寺」，乃由於位於寺廟中心的舍利殿「金閣」金碧輝煌、名聞遐邇之緣故。此外會這麼有名，多少也和日本名作家「三島由紀夫」有關。本名「平岡公威」、外貌英挺的三島由紀夫，是日本戰後具有代表性的名小說家，他的小說《金閣寺》，以放火燒金閣寺為題材，極美的文筆，充分展現出三島由紀夫獨特的風格，被譽為日本近代文學最高傑作，在海外也有極高的評價。

答案：A

温泉（おんせん）

o.n.se.n 溫泉

体（からだ）を洗（あら）って から

入浴（にゅうよく）してください。

ka.ra.da o a.ra.t.te ka.ra nyu.u.yo.ku.shi.te ku.da.sa.i

請 洗身體 以後再入浴。

把以下單字套進 □□□ ，開口說說看！

頭（あたま）を洗（あら）って
a.ta.ma o a.ra.t.te
洗頭

お金（かね）を払（はら）って
o ka.ne o ha.ra.t.te
付錢

貴重品（きちょうひん）をロッカーに入（い）れて
ki.cho.o.hi.n o ro.k.ka.a ni i.re.te
貴重物品放進投幣置物櫃

水（みず）を飲（の）んで
mi.zu o no.n.de
喝水

荷物（にもつ）をおいて
ni.mo.tsu o o.i.te
放東西

服（ふく）を脱（ぬ）いで
fu.ku o nu.i.de
脱衣服

跟日本人說說看！

わたし	：	（湯船に入ろうとする。）
wa.ta.shi		yu.bu.ne ni ha.i.ro.o to su.ru
我	：	（正要進入浴池。）
係りの人	：	先に体を洗ってから入浴してください。
ka.ka.ri no hi.to		sa.ki ni ka.ra.da o a.ra.t.te ka.ra nyu.u.yo.ku.shi.te ku.da.sa.i
工作人員	：	請先洗身體以後再入浴。
わたし	：	あっ、すみません。
wa.ta.shi		a.t su.mi.ma.se.n
		（体を洗ってから湯船に入る。）
		ka.ra.da o a.ra.t.te ka.ra yu.bu.ne ni ha.i.ru
我	：	啊！對不起。
		（洗完身體後進入浴池。）
係りの人	：	タオルは湯船の中に入れないでください。
ka.ka.ri no hi.to		ta.o.ru wa yu.bu.ne no na.ka ni i.re.na.i.de ku.da.sa.i
工作人員	：	毛巾請不要放到浴池裡。

漫遊日本Q&A！ 日本的溫泉鄉

Q：下列哪一項不是「溫泉蛋」的正確敘述？
 A 用溫泉煮出來的蛋 B 半熟的蛋 C 邊洗溫泉邊吃的蛋
 D 蛋黃半熟、蛋白半凝固的蛋

　　日本上自北海道、下至南邊的的九州，處處都有溫泉。溫泉有室內、室外之分，而到日本洗溫泉最令人高興的，莫過於洗室外的「露天風呂」（露天浴池）了！在春天，泡在暖洋洋的溫泉裡，可以欣賞櫻花；夏天則是一片新綠，偶爾還有野生獼猴來搗蛋；秋天洗溫泉最是舒服，當紅葉落下，漂浮在水面，極富詩意；至於冬天細雪紛飛時泡湯，絕對會讓生於南國的我們既感動又驚喜。

　　當然拜訪溫泉鄉，也別忘了煮「溫泉卵」（溫泉蛋）來吃。本來溫泉蛋指的是用溫泉煮出來、蛋黃呈半熟、蛋白呈半凝固狀態的蛋，但現在只要是半熟的蛋，就算不是溫泉煮出來的，也稱為溫泉蛋。

準備篇
機場篇
交通篇
住宿篇
用餐篇
觀光篇
購物篇
困擾篇

にっこうとうしょうぐう
日光東照宮　ni.k.ko.o to.o.sho.o.gu.u　日光東照宮

まも
お守り がほしいんですが。

o.ma.mo.ri ga ho.shi.i n de.su ga　我想要 護身符 ……。

把以下單字套進 □□，開口說說看！

おみき
御神酒
o.mi.ki
供奉神祇的酒

しおり
shi.o.ri
書籤

カレンダー
ka.re.n.da.a
月曆

えま
絵馬
e.ma
供奉在神社寺廟祈福
用的牌子

え
絵はがき
e.ha.ga.ki
風景明信片

キーホルダー
ki.i.ho.ru.da.a
鑰匙圈

跟日本人說說看！

わたし wa.ta.shi 我	： ：	絵はがきがほしいんですが。 e.ha.ga.ki ga ho.shi.i n de.su ga 我想要風景明信片……。
巫女 mi.ko 神女	： ：	絵はがきは、あちらにあります。 e.ha.ga.ki wa a.chi.ra ni a.ri.ma.su 風景明信片在那裡。
わたし wa.ta.shi 我	： ：	いろいろあって迷ってしまいますね。 i.ro.i.ro a.t.te ma.yo.t.te shi.ma.i.ma.su ne 各式各樣都有，好猶豫喔。
巫女 mi.ko 神女	： ：	セットですと20種類入っていて、値段も割安ですよ。 se.t.to de.su to ni.ju.s.shu.ru.i ha.i.t.te i.te ne.da.n mo wa.ri.ya.su de.su yo 如果一整套的話，裡頭有二十種，價錢也比較便宜喔。
わたし wa.ta.shi 我	： ：	じゃ、それにします。 ja so.re ni shi.ma.su 那麼，就決定那個。

漫遊日本Q＆A！ 守護您的日本護身符

Q：日本的護身符中，沒有以下哪一種？
A 學業 B 戀愛 C 瘦身 D 行車安全

到日本寺廟或神社，除了誠心參拜之外，別忘了幫自己或家人買「お守り」（護身符）回家。日本的護身符大多為長方形造型，五顏六色、質感極佳的織布上繡著祈求「厄除」（消災解厄）、「安産」（平安生產）、「金運」（財運）、「健康」（健康）、「交通安全」（行車安全）、「学業」（學業）、「縁結び」（戀愛）等等字眼，精美地教人愛不釋手，所以它不但有守護功效，還可以當作旅遊的回憶呢！

另外，在寺廟或神社裡也可以投錢到籤筒裡抽籤。日本人在抽完籤後，有把抽到的籤打結到樹上的習慣，建議您入境隨俗，也綁綁看喔！

答案：C

東京ディズニーランド
とうきょう

to.o.kyo.o di.zu.ni.i.ra.n.do 東京迪士尼樂園

わたしは ミッキーマウス が好きです。
す

wa.ta.shi wa mi.k.ki.i.ma.u.su ga su.ki de.su

我喜歡 米奇 。

把以下單字套進 □□ ，開口說說看！

ダンボ
da.n.bo
小飛象

ミニーマウス
mi.ni.i.ma.u.su
米妮

プルート
pu.ru.u.to
布魯托

ドナルドダック
do.na.ru.do.da.k.ku
唐老鴨

グーフィー
gu.u.fi.i
高飛狗

シンデレラ
shi.n.de.re.ra
灰姑娘

跟日本人說說看！

準備篇

機場篇

交通篇

住宿篇

用餐篇

觀光篇

購物篇

困擾篇

ディズニーファン	：	ディズニーキャラクターの中で誰が好きですか。
di.zu.ni.i fa.n		di.zu.ni.i kya.ra.ku.ta.a no na.ka de da.re ga su.ki de.su ka
迪士尼迷	：	迪士尼的人物裡面，你喜歡誰呢？
わたし	：	ドナルドが好きです。
wa.ta.shi		do.na.ru.do ga su.ki de.su
我	：	我喜歡唐老鴨。
ディズニーファン	：	私もです。ドナルドが一番可愛いですよね。
di.zu.ni.i fa.n		wa.ta.shi mo de.su do.na.ru.do ga i.chi.ba.n ka.wa.i.i de.su yo ne
迪士尼迷	：	我也是。唐老鴨最可愛了對不對。
わたし	：	ええ。あっ、ミッキーだ!!
wa.ta.shi		e.e a.t mi.k.ki.i da
我	：	對。啊！是米奇！！
ディズニーファン	：	（いなくなる。）
di.zu.ni.i fa.n		i.na.ku na.ru
迪士尼迷	：	（不見了。）

漫遊日本Q&A！ 日本的主題遊樂園

Q：日本的迪士尼樂園位於哪裡？

Ａ 東京都 Ｂ 千葉縣 Ｃ 橫濱市 Ｄ 鎌倉市

　　開幕於一九八三年、號稱「夢與魔法王國」的日本迪士尼樂園，全名為「東京ディズニーランド」。雖然名為東京迪士尼樂園，但它其實不在東京，而是位於千葉縣浦安市舞浜。從東京出發，可以在「東京」車站搭乘「JR京葉線」，於「舞浜」車站下車，徒步約五分鐘可抵；此外也可以從「新宿」車站，搭乘直達的高速巴士，約需一個小時。

　　如果您喜歡迪士尼樂園這類型的「主題遊樂園」（テーマパーク），也推薦您到大阪的「ユニバーサル・スタジオ・ジャパン」（日本環球影城）一遊，那裡同樣會讓您樂不思蜀！

答案：B

安くしてください。 請算我便宜點。

日本這麼大，要去哪裡買好東西呢？
面對琳瑯滿目的商品，要如何挑選呢
讀了本單元，就不會入寶山空手而回

STEP 7.

買い物
か　　もの

購物

デパート 百貨公司

スーパーマーケット
超級市場

コンビニ 便利商店

ドラッグストア
藥妝店

電気屋街 電器商店街
でんき　や　がい

アウトレット・モール
暢貨大型購物商場

原宿竹下通り
はらじゅくたけしたどお
原宿竹下通

プレゼント
禮物

デパート de.pa.a.to 百貨公司

いろ 色ちがい のものは ありますか。

i.ro chi.ga.i no mo.no wa a.ri.ma.su ka 有 顔色不一樣 的貨嗎？

把以下單字套進 □□□，開口說說看！

エス **Sサイズ** e.su sa.i.zu S尺寸	**エム** **Mサイズ** e.mu sa.i.zu M尺寸	**エル** **Lサイズ** e.ru sa.i.zu L尺寸
ちい **小さいサイズ** chi.i.sa.i sa.i.zu 小尺寸	**おお** **大きいサイズ** o.o.ki.i sa.i.zu 大尺寸	**デザインちがい** de.za.i.n chi.ga.i 設計不一樣

跟日本人說說看！

わたし wa.ta.shi 我	： これと同じで色ちがいのものはありますか。 ko.re to o.na.ji de i.ro chi.ga.i no mo.no wa a.ri.ma.su ka ： 有和這個一樣，但顏色不一樣的貨嗎？
店員 te.n.i.n 店員	： ほかに赤と黒、グレーがありますが。 ho.ka ni a.ka to ku.ro gu.re.e ga a.ri.ma.su ga ： 其他還有紅色和黑色、灰色。
わたし wa.ta.shi 我	： グレーはどんなグレーですか。 gu.re.e wa do.n.na gu.re.e de.su ka ： 灰色是哪一種灰？
店員 te.n.i.n 店員	： 薄めのグレーです。 u.su.me no gu.re.e de.su ： 淺灰。
わたし wa.ta.shi 我	： じゃ、それを見せてください。 ja so.re o mi.se.te ku.da.sa.i ： 那麼，請給我看那個。

漫遊日本Q&A！ 五顏六色，日文怎麼說？

Q：日本的紅綠燈的「綠燈」，日文怎麼說？
A 赤信号　B 緑信号　C 青信号　D 黄信号

　　到日本百貨公司購物，不會說的日文，可以用比的，但是有關「顏色」的日文，如果能記起來，溝通會更加順暢。各種顏色的日文整理如下：

黒（黑色）	グレー（灰色）	白（白色）	茶色（咖啡色）
赤（紅色）	オレンジ（橙色）	黄色（黃色）	緑（綠色）
青（藍色）	ピンク（粉紅色）	水色（淺藍色）	紫（紫色）

　　儘管以上的顏色日文是這麼說，但是您知道有個例外嗎？那就是日本的交通號誌，明明是紅色和綠色，「紅燈」叫做「赤信号」，「綠燈」卻不叫「緑信号」，而稱「青信号」。別吃驚，這是由來已久的習慣，並不是弄錯顏色喔！

答案：C　　

準備篇

機場篇

交通篇

住宿篇

用餐篇

觀光篇

購物篇

困擾篇

シャンプー が
見つからないんですが。

sha.n.pu.u ga mi.tsu.ka.ra.na.i n de.su ga
找不到 洗髪精……。

把以下單字套進 □□□ ，開口說說看！

くだもの
果物
ku.da.mo.no
水果

チョコレート
cho.ko.re.e.to
巧克力

は こ
歯みがき粉
ha.mi.ga.ki.ko
牙膏

かし
お菓子
o.ka.shi
糖果餅乾

ミネラルウォーター
mi.ne.ra.ru.wo.o.ta.a
礦泉水

カップラーメン
ka.p.pu.ra.a.me.n
杯麵

跟日本人說說看！

準備篇

機場篇

交通篇

住宿篇

用餐篇

觀光篇

購物篇

困擾篇

わたし	：	カップラーメンが見(み)つからないんですが。
wa.ta.shi		ka.p.pu.ra.a.me.n ga mi.tsu.ka.ra.na.i n de.su ga
我	：	找不到杯麵……。

店員(てんいん)	：	それでしたら、この隣(となり)のコーナーです。
te.n.i.n		so.re de.shi.ta.ra ko.no to.na.ri no ko.o.na.a de.su
店員	：	那個的話，是這個的隔壁區。

わたし	：	それから、シャンプーはどこにありますか。
wa.ta.shi		so.re ka.ra sha.n.pu.u wa do.ko ni a.ri.ma.su ka
我	：	還有洗髮精在哪裡？

店員(てんいん)	：	一番奥(いちばんおく)のコーナーです。
te.n.i.n		i.chi.ba.n o.ku no ko.o.na.a de.su
店員	：	最裡面的區域。

わたし	：	どうも。
wa.ta.shi		do.o.mo
我	：	謝謝。

漫遊日本Q＆A！ 到日本超市必買商品

Q：日本超市裡標示的「お買い得(かいどく)」指的是什麼？

A 特價商品　B 店長推薦　C 過期商品　D 免稅商品

　　到日本觀光儘管行程緊湊，也一定要抽空到超級市場，因為不僅可以購物，還能夠立即感受當地的庶民文化。

　　在超市要買的東西因人而異，但如果看到標示「お買い得(かいどく)」的商品，就表示該商品特價中，買到賺到，您不妨作參考。另外絕對不能錯過的是水果，日本有許多經典水果，像春天有半個拳頭大小、非常甜美的「いちご」（草莓）；夏天有飽滿多汁的「もも」（水蜜桃）；秋天有清脆爽口的「なし」（水梨）；冬天有風味獨特的「みかん」（橘子）；還有幾乎和日本水果劃上等號的「りんご」（蘋果）……。這些水果雖然不能帶回國內，但是用它們來品味日本，是一定要的！

答案：A　　91

コンビニ ko.n.bi.ni 便利商店

割りばし はついてますか。
（わ）

wa.ri.ba.shi wa tsu.i.te.ma.su ka　有附 免洗筷 嗎？

把以下單字套進 □ ，開口說說看！

調味料（ちょう み りょう）
cho.o.mi.ryo.o
調味料

わさび
wa.sa.bi
芥末

醤油（しょう ゆ）
sho.o.yu
醬油

スプーン
su.pu.u.n
湯匙

ケチャップ
ke.cha.p.pu
蕃茄醬

おまけ
o.ma.ke
贈品

準備篇
機場篇
交通篇
住宿篇
用餐篇
觀光篇
購物篇
困擾篇

跟日本人說說看！

わたし ：	このお弁当、わさびはついてますか。
wa.ta.shi	ko.no o be.n.to.o wa.sa.bi wa tsu.i.te.ma.su ka
我 ：	這個便當，有附芥末嗎？
店員 ：	はい、ついてますよ。
te.n.i.n	ha.i tsu.i.te.ma.su yo
店員 ：	是的，有附喔！
わたし ：	じゃ、これください。あと、このお茶を一つ。
wa.ta.shi	ja ko.re ku.da.sa.i a.to ko.no o cha o hi.to.tsu
我 ：	那麼，請給我這個。還有，這個茶一瓶。
店員 ：	お客様、こちらのお茶はいかがですか。
te.n.i.n	o kya.ku sa.ma ko.chi.ra no o cha wa i.ka.ga de.su ka
	ドラえもんのおまけがついてますよ。
	do.ra.e.mo.n no o.ma.ke ga tsu.i.te.ma.su yo
店員 ：	這位客人，這個茶如何呢？ 有附哆啦A夢的贈品喔！
わたし ：	それにします！
wa.ta.shi	so.re ni shi.ma.su
我 ：	就決定那個！

漫遊日本Q&A！ 日本的便當&「割りばし」

Q：日本的免洗筷，為什麼要用「割りばし」？
A 表示還沒用過，比較衛生　B 扳開筷子的行為，有開始吃飯的意義
C 這種質材的筷子，吃麵類比較不會滑　D 用完就丟，省時省事

　　日本是個愛做便當的國家，不管外出郊遊遠足，還是參加學校社區運動會，中午休息時間一到，眾人紛紛打開自己做的便當，或解饞、或分享、或偷偷比較，真是熱鬧極了，也幸福極了。但是出門在外無法做便當時怎麼辦？這時可以到超市、便利商店、或是在車站買當地有特色的「駅弁」（鐵路便當），因為日本不像台灣一樣，到處都有便當店。

　　買便當時，一定會附上「割りばし」，這是一種用竹子或木頭、在使用前要扳開的筷子。為什麼要用這種筷子呢？上述答案都對。但是還是提醒您，為了環保，出國也可以帶環保筷喔！

答案：以上皆是

93

ドラッグストア do.ra.g.gu su.to.a 薬妝店

この ハンドクリーム は

しんしょうひん
新商品です。

ko.no ha.n.do.ku.ri.i.mu wa shi.n.sho.o.hi.n de.su

這個 護手霜 是新商品。

把以下單字套進 □ ，開口說說看！

アイライナー
a.i.ra.i.na.a
眼線

フェイスマスク
fe.e.su.ma.su.ku
面膜

マスカラ
ma.su.ka.ra
睫毛膏

メイク落とし
me.e.ku.o.to.shi
卸妝產品

保湿クリーム
ho.shi.tsu ku.ri.i.mu
保濕霜

トリートメント
to.ri.i.to.me.n.to
護髮（乳）霜

跟日本人說說看！

店員　　： て.n.i.n 店員　　：	保湿クリームをお探しですか。 ho.shi.tsu ku.ri.i.mu o o sa.ga.shi de.su ka 請問在找保濕霜嗎？
わたし　： wa.ta.shi 我　　　：	ええ。でもたくさんあって……。 e.e de.mo ta.ku.sa.n a.t.te 嗯。不過因為有這麼多……。
店員　　： te.n.i.n	それでしたら、こちらはいかがですか。 so.re de.shi.ta.ra ko.chi.ra wa i.ka.ga de.su ka この保湿クリームは新商品です。 ko.no ho.shi.tsu ku.ri.i.mu wa shi.n.sho.o.hi.n de.su くすみ防止、美白効果もあるんですよ。 ku.su.mi bo.o.shi bi.ha.ku ko.o.ka mo a.ru n de.su yo
店員　　：	如果是那樣的話，這個如何呢？ 這個保濕霜是新產品。 也有防止暗沉、美白效果喔！
わたし　： wa.ta.shi 我　　　：	じゃ、それにします。 ja so.re ni shi.ma.su 那麼，就決定那個。

漫遊日本Q&A！ 目不暇給的日本藥妝店

Q：藥妝店裡的的「湿布」，指的是什麼？

　　A 免洗尿布　B 濕紙巾　C 免洗抹布　D 跌打損傷酸痛貼布

　　日本藥妝店裡販賣的東西，和台灣大同小異，但是種類和品牌繁多，幾乎教人眼花撩亂，所以建議您張大眼睛，不要入寶山空手而回。

　　以個人經驗，在購買「美容保養品」時，要注意價格，有的不一定比國內便宜。再者可以挑選在國內沒見過的新產品，日本的產品日新月異，您一定可以滿載而歸。至於價格一定比國內便宜的「藥品」，則建議您不要亂服成藥，只購買用過、有需要的就好。反倒是外用藥品，像是「湿布」（跌打損傷酸痛貼布）、「絆創膏」（OK繃）、或是「かゆみ止め」（蚊蟲止癢藥）等，既便宜又好用，就算當伴手禮，也意外地受歡迎呢！

でんき や がい
電気屋街　de.n.ki.ya ga.i　電器商店街

すこ　　　　やす
もう少し 安くして もらえませんか。

mo.o su.ko.shi ya.su.ku.shi.te mo.ra.e.ma.se.n ka

可以 再 便宜 一點點 嗎？

把以下單字套進 ＿＿＿ ，開口說說看！

ひゃくえん **あと100円** a.to hya.ku e.n 再一百日圓	**もうちょっと** mo.o cho.t.to 再一些	さんびゃくえん **あと３００円** a.to sa.n.bya.ku e.n 再三百日圓
さんじゅっ **あと３０パーセント** a.to sa.n.ju.p pa.a.se.n.to 再三成	せん　えん **あと1000円** a.to se.n e.n 再一千日圓	さん ぜん えん **あと3000円** a.to sa.n.ze.n e.n 再三千日圓

跟日本人說說看！

店員 て.ん.い.ん te.n.i.n 店員	このデジカメ、本日限定のお買い得品ですよ！ ko.no de.ji.ka.me ho.n.ji.tsu ge.n.te.e no o.ka.i.do.ku.hi.n de.su yo 這個數位相機，是今天限定的特價品喔！
わたし wa.ta.shi 我	もうちょっと安くしてもらえませんか。 mo.o cho.t.to ya.su.ku.shi.te mo.ra.e.ma.se.n ka 不能再稍微便宜一些嗎？
店員 て.ん.い.ん te.n.i.n 店員	これは値引きできません。 ko.re wa ne.bi.ki de.ki.ma.se.n あちらでしたら、15パーセントお安くしますよ。 a.chi.ra de.shi.ta.ra ju.u.go pa.a.se.n.to o ya.su.ku.shi.ma.su yo 這個不能打折。 那個的話，可以打八五折喔！
わたし wa.ta.shi 我	そのデザインはちょっと……。 so.no de.za.i.n wa cho.t.to 那個設計有點……。

漫遊日本Q&A！ 推陳出新的日本電器產品

Q：在日本的哪些地方購物，可以殺價？

A 百貨公司 B 電器行 C 超級市場 D 藥妝店

眾所周知，日本的電器舉凡大小家電、3C產品、相機、手機、還有現今最夯的「Wii」等電視遊樂器，不但應有盡有，而且性能好、造型佳、不斷推陳出新，所以受到世界各地人士的喜愛。

提到日本電器，不能不提的還有位於東京的「秋葉原」，這裡是日本最大的電器商店街，櫛比鱗次的高樓大廈裡，全都販賣著電器產品，令人嘆為觀止。

除了秋葉原之外，日本各地的主要車站附近，也都有電器量販店，價格和到秋葉原一樣，都是用定價慢慢「談」出來的。購買電器產品可以談價格，是在到處不能殺價的日本中的一個特例，所以請展現您的實力，好好廝殺一番吧！

答案：B

準備篇

機場篇

交通篇

住宿篇

用餐篇

觀光篇

購物篇

困擾篇

アウトレット・モール　a.u.to.re.t.to mo.o.ru　暢貨大型購物商場

プラダ のお店（みせ）は どこですか。

pu.ra.da no o mi.se wa do.ko de.su ka

PRADA 的店在哪裡呢？

把以下單字套進 □□ ，開口說說看！

グッチ
gu.c.chi
古馳（GUCCI）

ルイ・ヴィトン
ru.i vi.to.n
LV（Louis Vuitton）

シャネル
sha.ne.ru
香奈兒
（CHANEL）

バーバリー
ba.a.ba.ri.i
BURBERRY

アルマーニ
a.ru.ma.a.ni
亞曼尼
（Armani）

コーチ
ko.o.chi
COACH

跟日本人說說看！

わたし wa.ta.shi 我	：	すみません、シャネルのお店<ruby>みせ</ruby>はどこですか。 su.mi.ma.se.n sha.ne.ru no o mi.se wa do.ko de.su ka 對不起，香奈兒的店在哪裡呢？
スタッフ su.ta.f.fu 工作人員	：	あのエルメスのお店<ruby>みせ</ruby>を右<ruby>みぎ</ruby>に曲<ruby>ま</ruby>がったところにあります。 a.no e.ru.me.su no o mi.se o mi.gi ni ma.ga.t.ta to.ko.ro ni a.ri.ma.su 就在那家「愛瑪仕」（HERMES）的店右轉的地方。
わたし wa.ta.shi 我	：	エル……メ……ス……。 e.ru.me.su HER……ME……S……。
スタッフ su.ta.f.fu 工作人員	：	（地図<ruby>ちず</ruby>を取<ruby>と</ruby>り出<ruby>だ</ruby>して示<ruby>しめ</ruby>す。）ここです。 chi.zu o to.ri.da.shi.te shi.me.su ko.ko de.su （拿出地圖指示。）這裡。
わたし wa.ta.shi 我	：	ああ、分<ruby>わ</ruby>かりました。どうも。 a.a wa.ka.ri.ma.shi.ta do.o.mo 啊，我知道了。謝謝。

漫遊日本Q&A！ 視覺的饗宴──逛日本名牌精品店

Q：下列哪一個名牌，是日本人所創？

A BURBERRY　　　　　B Giorgio Armani

C Yohji Yamamoto　　 D HERMES

　　要買名牌，除了長途跋涉到歐洲朝聖之外，引領亞洲時尚潮流的日本是最佳選擇。雖然在日本，價格不一定比台灣便宜，但是選擇更多元，還可以買到限量商品，難怪許多名流貴婦趨之若鶩。

　　到哪裡買呢？首選當然是東京。東京「銀座」、「新宿」等地的知名百貨公司，各大名牌皆有進駐。此外這幾年熱翻天的購物商場「六本木Hills」以及「表參道Hills」，也看得到名牌的身影。

　　值得一提的，是日本也出了好幾位知名的設計師。像在台灣最受歡迎的「Yohji Yamamoto」，它的設計師是「山本耀司<ruby>やまもとようじ</ruby>」，還有「Comme des Garçons」的「川久保玲<ruby>かわくぼれい</ruby>」也是，您也是他們的粉絲嗎？

答案：C　　99

はらじゅくたけしたどお
原宿竹下通り ha.ra.ju.ku ta.ke.shi.ta do.o.ri 原宿竹下通

こ とし
今年は カラータイツ が
はや
流行りです。

ko.to.shi wa ka.ra.a ta.i.tsu ga ha.ya.ri de.su 今年流行 彩色緊身襪 。

把以下單字套進 □□，開口說說看！

グレー gu.re.e 灰色	**チェック** che.k.ku 格紋	**ストライプ** su.to.ra.i.pu 條紋

ろくじゅうねんだい
６０年代スタイル
ro.ku.ju.u ne.n.da.i su.ta.i.ru
六〇年代風格

ミニスカート
mi.ni su.ka.a.to
迷你裙

みずたま も よう
水玉模様
mi.zu.ta.ma mo.yo.o
水珠花樣

跟日本人說說看！

準備篇

機場篇

交通篇

住宿篇

用餐篇

觀光篇

購物篇

困擾篇

店員 て.n.i.n	：	これはいかがですか。 ko.re wa i.ka.ga de.su ka
店員	：	這個怎麼樣呢？
わたし wa.ta.shi	：	ちょっと短すぎます。 cho.t.to mi.ji.ka.su.gi.ma.su
我	：	有點太短。
店員 て.n.i.n	：	今年は超ミニが流行りなんですよ。 ko.to.shi wa cho.o mi.ni ga ha.ya.ri.na n de.su yo それにお客様はスタイルがいいし。 so.re ni o kya.ku sa.ma wa su.ta.i.ru ga i.i shi
店員	：	今年流行超級迷你的喔！ 而且您的身材很好。
わたし wa.ta.shi	：	そうですか。じゃ、試着してみます。 so.o de.su ka ja shi.cha.ku.shi.te mi.ma.su
我	：	是那樣嗎？那麼，我試穿看看。

漫遊日本Q＆A！ 一整天逛不完的「原宿」

Q：到東京的「原宿」可以怎麼玩？

A 「明治神宮」前看街頭藝人表演 B 「表參道Hills」買名品

C 「竹下通」打點又酷又炫的行頭 D 以上皆是

　　位於東京澀谷區的「原宿」，不但是初次拜訪日本者想一探究竟的地方，就連非東京地區的日本學生，也常常指定該處為畢業旅行的行程之一。

　　到底哪裡值得一遊呢？首先是祭祀明治天皇的「明治神宮」。這裡不但是日本每年過年期間參拜人數最多的地方（高達三百多萬人），每逢假日，神宮橋附近便聚集身著奇裝異服的街頭藝人，把這裡妝點得好不熱鬧。

　　到原宿不能錯過的還有購物，喜歡高檔名品者，可以往「表參道」走。至於不計較品牌、愛酷愛炫的年輕人，可以往「竹下通」去，那裡只要一萬日圓，足以打點從頭到腳的全身行頭。

答案：D　101

プレゼント pu.re.ze.n.to 禮物

ラッピングして いただけますか。

ra.p.pi.n.gu.shi.te i.ta.da.ke.ma.su ka
能幫我 包裝 嗎？

把以下單字套進 ▢▢ ，開口說說看！

リボンをかけて
ri.bo.n o ka.ke.te
綁蝴蝶結

カードをつけて
ka.a.do o tsu.ke.te
附卡片

箱に入れて
ha.ko ni i.re.te
裝在盒子

シールを貼って
shi.i.ru o ha.t.te
貼貼紙

紙袋に入れて
ka.mi.bu.ku.ro ni i.re.te
放進紙袋

カバーをかけて
ka.ba.a o ka.ke.te
包書套

跟日本人說說看！

わたし： wa.ta.shi 我 ：	プレゼント用にラッピングしていただけますか。 pu.re.ze.n.to yo.o ni ra.p.pi.n.gu.shi.te i.ta.da.ke.ma.su ka 因為要送禮，能幫我包裝嗎？
店員 ： te.n.i.n 店員 ：	かしこまりました。 ka.shi.ko.ma.ri.ma.shi.ta 相手の方は男性ですか女性ですか。 a.i.te no ka.ta wa da.n.se.e de.su ka jo.se.e de.su ka 知道了。 對方是男性、還是女性呢？
わたし： wa.ta.shi 我 ：	女性です。 jo.se.e de.su 女性。
店員 ： te.n.i.n 店員 ：	じゃ、花模様の包装紙にピンクのリボンをかけましょう。 ja ha.na mo.yo.o no ho.o.so.o.shi ni pi.n.ku no ri.bo.n o ka.ke.ma.sho.o 那麼，在花朵圖案的包裝紙上綁粉紅色的蝴蝶結吧！

漫遊日本Q&A！ 日本是最懂得包裝的國家

Q：在日本買成藥，同一家店超過多少錢可以退稅？

A 五千日圓 B 五萬日圓 C 十萬日圓 D 不限金額

　　在日本，不管禮物金額大小，不管送的東西為何，不管形狀多麼希奇古怪，送禮者一定都會包裝得美美的，藉以表達自己的心意。所以在日本購物後要求包裝，不但不會遭到拒絕，還會得到盡善盡美的包裝服務，絕對不會讓您失望。

　　不過提醒您，在開心購物和包裝之後，別忘了「退稅」這件事情。日本的消費稅是外加制，購物時一律要多付購物金額的百分之八。還好大部分的百貨公司和量販店等針對外國人，藥妝等消耗品只要超過五千日圓；家電等一般商品只要超過一萬日圓，都可以攜帶收據以及觀光簽證，到固定櫃檯辦理退稅，當場退回百分之八的消費稅，很划算吧！

どうしよう。 怎麼辦？

東西丟了？迷路了？受傷了？
生病了？
出國最怕遇到的困擾，
本單元告訴您該怎麼辦。

STEP 8.

トラブル

困擾

物をなくす
もの
mo.no o na.ku.su 東西丟了

財布 をなくしちゃったんですが。
さい ふ

sa.i.fu o na.ku.shi.cha.t.ta n de.su ga   錢包 弄丟了……。

把以下單字套進 ☐☐，開口說說看！

眼鏡 めがね me.ga.ne 眼鏡	**手帳** て ちょう te.cho.o 記事本	**携帯** けいたい ke.e.ta.i 行動電話
クレジットカード ku.re.ji.t.to.ka.a.do 信用卡	**パソコン** pa.so.ko.n 個人電腦	**電子辞書** でんし じしょ de.n.shi.ji.sho 電子字典

跟日本人說說看！

わたし wa.ta.shi 我	：	バッグをなくしちゃったんですが。 ba.g.gu o na.ku.shi.cha.t.ta n de.su ga 包包弄丟了……。
警察官 ke.e.sa.tsu.ka.n 警察	：	中に貴重品が入ってますか。 na.ka ni ki.cho.o.hi.n ga ha.i.t.te.ma.su ka 裡面有放貴重的東西嗎？
わたし wa.ta.shi 我	：	はい。財布とカメラが入ってます。 ha.i sa.i.fu to ka.me.ra ga ha.i.t.te.ma.su 有。有放錢包和相機。
警察官 ke.e.sa.tsu.ka.n 警察	：	じゃ、こちらに記入してください。 ja ko.chi.ra ni ki.nyu.u.shi.te ku.da.sa.i 那麼，請在這裡填資料。

漫遊日本Q＆A！ 遺失物品怎麼辦？

Q：台灣在日本的哪裡有駐日代表處？

A 東京　B 大阪　C 福岡　D 以上皆是

　　出國旅遊最怕掉東西。遺失隨身物品心疼就算了，最慘的是護照掉了會回不了國。如果不幸遇到了怎麼辦？首先您必須報警，留下資料後，若有消息會通知您。至於護照掉了，必須和最近的台北駐日代表處聯絡，請求協助。聯絡方式如下：

①東京　東京都港區白金台5-20-2　Tel：（03）3280-7811

②大阪　大阪市西區土佐堀1-4-8　日榮大樓4F

　　Tel：（06）6443-8481~7

③橫濱　橫濱市中區日本大通60番地　朝日生命大樓2F

　　Tel：（045）641-7736~8

④福岡　福岡市中央區櫻坂3-12-42　Tel：（092）734-2810

答案：D　　107

CD-44

道に迷う
みち まよ

mi.chi ni ma.yo.u 迷路

そこ を右に曲がってください。
みぎ ま

so.ko o mi.gi ni ma.ga.t.te ku.da.sa.i

請在 那裡 右轉。

把以下單字套進 □□ ，開口說說看！

駅
えき
e.ki
車站

デパート
de.pa.a.to
百貨公司

小学校
しょうがっこう
sho.o.ga.k.ko.o
小學

公園
こうえん
ko.o.e.n
公園

銀行
ぎんこう
gi.n.ko.o
銀行

コンビニ
ko.n.bi.ni
便利商店

跟日本人說說看！

わたし wa.ta.shi	（東京タワーのパンフレットを見せて。） to.o.kyo.o ta.wa.a no pa.n.fu.re.t.to o mi.se.te
我	すみません、ここに行きたいんですが。 su.mi.ma.se.n ko.ko ni i.ki.ta.i n de.su ga （讓對方看東京鐵塔的導覽手冊。） 對不起，我想去這裡……。
日本人 ni.ho.n.ji.n 日本人	方向がちがいますよ。 ho.o.ko.o ga chi.ga.i.ma.su yo 方向錯了喔！
わたし wa.ta.shi 我	ええ、道に迷っちゃったんです。 e.e mi.chi ni ma.yo.c.cha.t.ta n de.su 是的，我迷路了。
日本人 ni.ho.n.ji.n 日本人	あの公園を右に曲がってください。 a.no ko.o.e.n o mi.gi ni ma.ga.t.te ku.da.sa.i 請在那個公園右轉。

漫遊日本Q&A！ 迷路時找救兵

Q：從國外撥打電話回台灣，台灣地區的國碼是多少？

A 81　B 813　C 86　D 886

　　在國內迷路都會嚇出一身冷汗，更何況是在人生地不熟、語言又不通的國度。還好日本是個治安良好、人民和善的國家，所以迷路時不需要擔心。

　　迷路時，如果手頭上有目的地的導覽簡章，可以給路人看，他們會指引您方向；如果沒有，寫中文字也可以通，因為日文的地名，大部分都是漢字。如果真的還是沒辦法，打電話求救吧！日本撥打國際電話回台灣，方法如下：

國際冠碼	+台灣地區國碼	+區域號碼	+用戶電話號碼
001　或 0041　或 0061	886	2 （要刪掉區域號碼前面的0，例如台北就是2）	1234-5678

答案：D　109

病気になる byo.o.ki ni na.ru 生病

頭 がとても痛いんです。

a.ta.ma ga to.te.mo i.ta.i n de.su　頭非常地痛。

把以下單字套進 □□，開口說說看！

い **胃** i 胃	**むね** **胸** mu.ne 胸	**こし** **腰** ko.shi 腰
なか **お腹** o.na.ka 肚子	**は** **歯** ha 牙齒	**こうとう ぶ** **後頭部** ko.o.to.o.bu 後頭部

跟日本人說說看！

準備篇

機場篇

交通篇

住宿篇

用餐篇

觀光篇

購物篇

困擾篇

ドクター do.ku.ta.a 醫生	： ： ：	どうしましたか。 do.o shi.ma.shi.ta ka 怎麼了？
わたし wa.ta.shi 我	： ： ：	お腹がとても痛いんです。 o.na.ka ga to.te.mo i.ta.i n de.su 肚子非常地痛。
ドクター do.ku.ta.a 醫生	： ： ：	ほかには。 ho.ka ni wa 還有呢？
わたし wa.ta.shi 我	： ： ：	ちょっと熱があるみたいです。 cho.t.to ne.tsu ga a.ru mi.ta.i de.su 好像有點發燒。

漫遊日本Q&A！ 日本的白色巨塔

Q：在日本看個小感冒，沒有日本國民保險，大約需要支付多少費用？

　　A 五百日圓　B 一千日圓　C 一～二千日圓　D 三～五千日圓

　　最掃興的事情，莫過於出國旅行時生病了。所以建議您出國時，務必攜帶平日經常服用的藥品，以免敗興而歸。

　　然而突然水土不服，發生感冒、拉肚子等症狀時怎麼辦？在日本看病不便宜，小感冒跑趟小醫院，沒有國民保險的外國人，大約需要支付三～五千日圓，折合台幣最少也要一千元，所以症狀輕微時，可以到藥妝店，請藥劑師為您推薦成藥就好。至於症狀比較嚴重時，白天可以到醫院看診，但是遇到晚上和假日，小型醫院沒有開，而大型醫院也因為日本的醫療體系，不是每一間醫院都隨時接受急診，所以這時候，只能求助飯店的人，請教他們該怎麼辦了。

交通事故
こうつう じ こ

ko.o.tsu.u ji.ko 交通事故

だれ
誰か 救急車を呼んで ください 。
きゅうきゅうしゃ　よ

da.re ka kyu.u.kyu.u.sha o yo.n.de ku.da.sa.i

誰來 叫一下救護車 。

把以下單字套進 □ ，開口說說看！

助けて
たす
ta.su.ke.te
幫一下忙

来て
き
ki.te
過來一下

警察に電話して
けいさつ　でん わ
ke.e.sa.tsu ni de.n.wa.shi.te
打電話給警察一下

証人になって
しょうにん
sho.o.ni.n ni na.t.te
當一下證人

119番して
ひゃくじゅうきゅうばん
hya.ku.ju.u.kyu.u.ba.n.shi.te
打一下119

通訳して
つうやく
tsu.u.ya.ku.shi.te
翻譯一下

準備篇

機場篇

交通篇

住宿篇

用餐篇

觀光篇

購物篇

困擾篇

跟日本人說說看！

わたし wa.ta.shi 我	：	（歩^{ある}いていて車^{くるま}にぶつけられる。） a.ru.i.te i.te ku.ru.ma ni bu.tsu.ke.ra.re.ru （走路被車撞到。）
通^{とお}りすがりの人^{ひと} to.o.ri.su.ga.ri no hi.to 剛好路過的人	：	だいじょうぶですか。 da.i.jo.o.bu de.su ka 沒關係嗎？
わたし wa.ta.shi 我	：	立^たち上^あがれません。 ta.chi.a.ga.re.ma.se.n 站不起來。
通^{とお}りすがりの人^{ひと} to.o.ri.su.ga.ri no hi.to 剛好路過的人	：	誰^{だれ}か救急車^{きゅうきゅうしゃ}を呼^よんでください。 da.re ka kyu.u.kyu.u.sha o yo.n.de ku.da.sa.i 誰來叫一下救護車。

漫遊日本Q&A！ 遇到緊急狀況時，先求救！

Q：在日本遇到緊急狀況打公共電話時，要注意哪些事情？

　A 打119　B 打110　C 不需要投幣　D 以上皆是

　　出國遇到車禍等嚴重事故時，一定要立刻求救。求救時，火警和救護車撥打「119」；警察局撥打「110」，請把它記下來。

　　在日本，遇到緊急狀況撥打公共電話時，不需要投幣、也不需要用電話卡，拿起話筒直接撥號即可。如果是舊式的綠色電話，電話機體左下方有顆紅色按鈕，直接按下就可通話。

　　另外請讀者務必記住「救命！」的日文「助^{たす}けて！」，在手忙腳亂、言語又不通的情況下，會是保命的一句話！

おつりが足りない
o.tsu.ri ga ta.ri.na.i　找的錢不夠

おつりが 100円 足りない みたいなんですが。
ひゃく えん

た

o.tsu.ri ga hya.ku e.n ta.ri.na.i mi.ta.i.na n de.su ga

找的錢好像差 一百日圓 的樣子……。

把以下單字套進 □ ，開口說說看！

ろくじゅうえん **６０円** ro.ku.ju.u e.n 六十日圓	**ごえん** **5円** go e.n 五日圓	**はちじゅうえん** **８０円** ha.chi.ju.u e.n 八十日圓
せん　えん **1000円** se.n e.n 一千日圓	**ひゃくごじゅうえん** **１５０円** hya.ku.go.ju.u e.n 一百五十日圓	**ごひゃくえん** **５００円** go.hya.ku e.n 五百日圓

跟日本人說說看！

準備篇

機場篇

交通篇

住宿篇

用餐篇

觀光篇

購物篇

困擾篇

わたし	：	おつりが50円足りないみたいなんですが。
wa.ta.shi		o.tsu.ri ga go.ju.u e.n ta.ri.na.i mi.ta.i.na n de.su ga
我	：	找的錢好像差五十日圓的樣子……。
店員	：	失礼いたしました。
te.n.i.n		shi.tsu.re.e i.ta.shi.ma.shi.ta
		レシートを拝見できますか。
		re.shi.i.to o ha.i.ke.n de.ki.ma.su ka
店員	：	對不起。
		可以讓我看一下收據嗎？
わたし	：	（レシートを渡す。）
wa.ta.shi		re.shi.i.to o wa.ta.su
我	：	（給對方收據。）
店員	：	こちらのミスです。
te.n.i.n		ko.chi.ra no mi.su de.su
		たいへん失礼いたしました。
		ta.i.he.n shi.tsu.re.e i.ta.shi.ma.shi.ta
店員	：	是這裡的疏忽。
		非常對不起。

漫遊日本Q&A！ 日本結帳學問大

Q：在日本支付消費時，要支付多少消費稅？

A 3%　B 8%　C 10%　D 15%

日本不僅是美食天堂，也是購物天堂，所以帶再多的錢過去，似乎也不夠用。

日本不是任何地方都能使用信用卡，超市、車站、路邊攤等地，都須使用現金。日本的紙幣有一萬、五千、二千、一千之分，由於顏色非常相近，所以掏錢時，自己要看清楚。另外日本現在所有的消費，除了車票之外，都必須支付百分之八的消費稅，也就是一千日圓的消費，在結帳時，要支付一千零八十日圓，請讀者特別注意。最後，在日本沒有統一發票，如果您的消費要帶回國內報帳，這時請說「領収書をください」（請給我收據），店員便會幫您寫上抬頭以及明細，方便您報帳。

ナンパされる na.n.pa.sa.re.ru 被搭訕

ふじわらのりか
藤原紀香 に似てるって
言われない。

fu.ji.wa.ra no.ri.ka ni ni.te.ru t.te i.wa.re.na.i

沒有人說妳和 藤原紀香 很像嗎？

把以下單字套進 □□，開口說說看！

浜崎あゆみ
ha.ma.sa.ki a.yu.mi
濱崎步

ビビアン・スー
bi.bi.a.n su.u
徐若瑄

中島美嘉
na.ka.shi.ma mi.ka
中島美嘉

常盤貴子
to.ki.wa ta.ka.ko
常盤貴子

テレサ・テン
te.re.sa te.n
鄧麗君

安室奈美恵
a.mu.ro na.mi.e
安室奈美惠

跟日本人說說看！

ナンパ男 na.n.pa o.to.ko 搭訕男子	： ： ：	ぼくとお茶しない。 bo.ku to o cha shi.na.i 要不要和我一起喝杯茶？
わたし wa.ta.shi 我	： ： ：	（無視する。） mu.shi.su.ru （視若無睹。）
ナンパ男 na.n.pa o.to.ko 搭訕男子	： ：	藤原紀香に似てるって言われない。 fu.ji.wa.ra no.ri.ka ni ni.te.ru t.te i.wa.re.na.i 携帯の番号、教えっこしようよ。 ke.e.ta.i no ba.n.go.o o.shi.e.k.ko.shi.yo.o yo 沒有人說妳和藤原紀香很像嗎？ 行動電話號碼，交換一下吧！
わたし wa.ta.shi 我	： ： ：	けっこうです!! ke.k.ko.o de.su 沒必要！！

漫遊日本Q&A！ 防止犯罪，大家一起來

Q：在日本地下鐵車站經常可以看到的「痴漢追放」警示標語，
意思為何？

A 小心扒手　B 趕走色狼　C 嚴禁喝酒　D 打擊罪犯

　　儘管日本的治安良好，多少還是有「泥棒」（小偷）、「すり」（扒
手）、「ひったくり」（強盜）、「痴漢」（色狼）之類的害群之
馬。尤其是「痴漢」問題，在擁擠的電車上最容易發生，一直以
來深深困擾著日本女性，所以在日本地下鐵車站，才經常會看
到有「痴漢追放」警示標語，就是要大家遇到「痴漢」時，絕
對不可以隨他上下其手，要大聲說「やめて！」（住手！），
來保護自己。

　　另外，日本為了體貼女性這方面的安全，許多地方在晚上
或交通尖峰時間都有「女性専用車両」（女性專用車廂），真是
太感人了。

答案：B

たの
楽しかった。 好好玩。

除了美食篇、觀光篇、住宿篇……
之外，
特別公開日本專業導遊的記事本，
讓您更了解日本！

附錄

ガイドさんの手帳

てちょう

導遊的記事本

導遊報位！
日本地圖＋重要都市

1 東京都 とうきょうと < to.o.kyo.o to > 1300萬人

在東方，能站在世界舞台上，和紐約、倫敦、巴黎等西方國際大城並列，引領世界潮流的大都會，非東京莫屬。想了解日本嗎？第一站，就選擇東京！

2 大阪府 おおさかふ < o.o.sa.ka fu > 880萬人

遊大阪的第一站理當是「大阪城」，因為這裡是大阪的象徵。接著是熱鬧、刺激的「環球影城」。至於世界最大的海洋水族館「海遊館」，令人驚歎海底世界的奇妙和大自然的偉大，豈可錯過！

3 横浜市 よこはまし < yo.ko.ha.ma shi > 370萬人

橫濱哪裡好玩呢？有名景點有「明治大正風」的「橫濱紅磚倉庫」；「西洋風」的「山手」；「中華風」的「橫濱中華街」；還有「未來風」的「港口未來21」。今天，您要到哪裡呢？

4 京都府 きょうとふ < kyo.o.to fu > 260萬人

一直到西元一八六九年遷都到東京為止，京都當了大和民族一千多年的首都。在文化薰陶下，京都遺留下一千四百多間寺院、四百多間神社。其中法相莊嚴的佛像、珍貴的藝術寶物，將京都妝點成全球獨一無二的魅力古都。請您放慢腳步，細細體會……。

5 名古屋市 なごやし < na.go.ya shi > 220萬人

您知道織田信長、豐臣秀吉、德川家康這三位武將都是出身於名古屋嗎？請拜訪日本三大名城之一的名古屋城吧！集美麗與雄偉於一身的古城，將述說他們叱吒風雲的故事……。

6 札幌市 さっぽろし < sa.p.po.ro shi > 190萬人

來到雪的故鄉札幌，非拜訪不可的是人氣景點「北海道廳舊本廳舍」、「時鐘台」、還有每一年都盛大舉辦雪祭的「大通公園」！

9広島市　ひろしまし　< hi.ro.shi.ma shi >　118萬人
廣島，正是世界第一顆原子彈投下的地方。請
到世界遺產「原子彈爆炸遺址」看看吧！在那
裡祈求永遠不要再有戰爭、永遠和平。而另一
個世界遺產「嚴島神社」也不容錯過。被譽為
日本三景之一的它，矗立於瀨戶內海上，真是
絕美。

10仙台市　せんだいし　< se.n.da.i shi >　107萬人
被譽為「森林之都」的仙台，因為依照四
季，還舉辦各式各樣的祭典，所以也被稱為
「祭典之都」。喜歡綠地嗎？喜歡熱鬧嗎？
歡迎來到這裡盡情享受。當然，也別忘了順
道拜訪日本三景之一的「松島」喔！

11北九州市　きたきゅうしゅうし　< ki.ta.kyu.u.shu.u shi >　96萬人
北九州最有名的莫過於門司港了。一幢幢磚
紅色的建築，述說著一段段百年物語，搭乘
人力車徜徉其間，彷彿走入時光隧道，您一
定會喜歡。至於喜歡遊樂園的人，「太空世
界」也不會讓您失望喔！

12那霸市　なはし　< na.ha shi >　32萬人
擁有清澈透明海水與純白潔淨沙灘的沖繩，
是日本電視連續劇的最佳背景舞台。搭機到
沖繩的首府那霸吧！陽光！沙灘！這個充滿
魅力的熱情島嶼，正呼喚著您！

7神戶市　こうべし　< ko.o.be shi >　150萬人
神戶最知名的觀光地，就屬幕府末期歐
美人士住過的「異人館街」了。十數
幢建築物中，以德式建築的「風見雞之
館」、以及從二樓陽台可遠眺海面的
「萌黃之館」最有名，是日本國家指定
重要文化財產喔！

8福岡市　ふくおかし　< fu.ku.o.ka shi >　150萬人
您知道亞洲週刊每年公布，亞洲最適合
居住城市的冠軍是哪裡嗎？就是日本福
岡！那裡有好山、好水、好溫泉、好拉
麵、還有好人情──所以，趕快到福岡
好好玩吧！

日本的行政區與各縣市

おきなわ
沖縄
o.ki.na.wa

47

ほっかいどう
北海道
ho.k.ka.i.do.o

1

とうほく
東北
to.o.ho.ku

2
3
4
5
6
7
8

ちゅうぶ
中部
chu.u.bu

ちゅうごく
中国
chu.u.go.ku

10
9

きゅうしゅう
九州
kyu.u.shu.u

33
34
27
25
11
13
22
21
23
35
31
32
28
12
20
24
14
19
17
40
37
38
24
26
15
18
41
39
36
30
29
16
43
42
44
45
46

かんとう
関東
ka.n.to.o

きんき
近畿
ki.n.ki

しこく
四国
shi.ko.ku

1 北海道
ほっかいどう
ho.k.ka.i.do.o

2 青森県
あおもりけん
a.o.mo.ri ke.n

3 秋田県
あきたけん
a.ki.ta ke.n

4 岩手県
いわてけん
i.wa.te ke.n

5 山形県
やまがたけん
ya.ma.ga.ta ke.n

6 宮城県
みやぎけん
mi.ya.gi ke.n

7 福島県
ふくしまけん
fu.ku.shi.ma ke.n

8 新潟県
にいがたけん
ni.i.ga.ta ke.n

9 富山県
とやまけん
to.ya.ma ke.n

10 石川県
いしかわけん
i.shi.ka.wa ke.n

11 福井県
ふくいけん
fu.ku.i ke.n

12 岐阜県
ぎふけん
gi.fu ke.n

13 長野県
ながのけん
na.ga.no ke.n

14 山梨県
やまなしけん
ya.ma.na.shi ke.n

15 愛知県
あいちけん
a.i.chi ke.n

16 静岡県
しずおかけん
shi.zu.o.ka ke.n

17 千葉県
ちばけん
chi.ba ke.n

18 神奈川県
かながわけん
ka.na.ga.wa ke.n

19 東京都
とうきょうと
to.o.kyo.o to

20 埼玉県
さいたまけん
sa.i.ta.ma ke.n

21 栃木県
とちぎけん
to.chi.gi ke.n

22 群馬県
ぐんまけん
gu.n.ma ke.n

23 茨城県
いばらきけん
i.ba.ra.ki ke.n

24 大阪府
<small>おおさか ふ</small>
o.o.sa.ka fu

25 京都府
<small>きょう と ふ</small>
kyo.o.to fu

26 奈良県
<small>な ら けん</small>
na.ra ke.n

27 兵庫県
<small>ひょう ご けん</small>
hyo.o.go ke.n

28 滋賀県
<small>し が けん</small>
shi.ga ke.n

29 三重県
<small>み え けん</small>
mi.e ke.n

30 和歌山県
<small>わ か やま けん</small>
wa.ka.ya.ma ke.n

31 広島県
<small>ひろ しま けん</small>
hi.ro.shi.ma ke.n

32 岡山県
<small>おか やま けん</small>
o.ka.ya.ma ke.n

33 島根県
<small>しま ね けん</small>
shi.ma.ne ke.n

34 鳥取県
<small>とっ とり けん</small>
to.t.to.ri ke.n

35 山口県
<small>やま ぐち けん</small>
ya.ma.gu.chi ke.n

36 徳島県
<small>とく しま けん</small>
to.ku.shi.ma ke.n

37 愛媛県
<small>え ひめ けん</small>
e.hi.me ke.n

38 香川県
<small>か がわ けん</small>
ka.ga.wa ke.n

39 高知県
<small>こう ち けん</small>
ko.o.chi ke.n

40 福岡県
<small>ふく おか けん</small>
fu.ku.o.ka ke.n

41 佐賀県
<small>さ が けん</small>
sa.ga ke.n

42 大分県
<small>おお いた けん</small>
o.o.i.ta ke.n

43 長崎県
<small>なが さき けん</small>
na.ga.sa.ki ke.n

44 熊本県
<small>くま もと けん</small>
ku.ma.mo.to ke.n

45 宮崎県
<small>みや ざき けん</small>
mi.ya.za.ki ke.n

46 鹿児島県
<small>か ご しま けん</small>
ka.go.shi.ma ke.n

47 沖縄県
<small>おき なわ けん</small>
o.ki.na.wa ke.n

導遊指路！
從機場到飯店的自由行指南

知道如何搭飛機抵達日本，但接下來要怎麼去飯店，卻毫無頭緒？面對機場內標示牌上密密麻麻的日文字，真的很容易茫茫然。以下舉出日本最大二座國際機場：成田機場與關西機場，並針對如何順利從機場抵達東京與大阪的飯店，為您做詳細的介紹！

 從成田機場→東京市內

出海關之後⋯

搭電車

從成田機場境內「成田空港駅」（なりた くうこうえき）（成田機場站）或「空港第二ビル駅」（くうこうだいに えき）（機場第二航廈站）出發，循著「京成線・JR線のりば」（けいせいせん ジェイアールせん）（京成線・JR線入口）的標示牌前進，即可搭JR線、京成線或JR成田Express線（成田エクスプレス）抵達東京市區。JR線或JR成田Express線皆有停靠位於山手線上的大站，如東京、品川、新宿等，從這邊換車，抵達飯店所在的車站，最多只需幾十分鐘。

搭巴士

在「成田機場」和「機場第二航廈」都可以搭乘「リムジンバス」（機場利木津巴士）抵達東京都內各車站，如銀座、赤坂、池袋、新宿、澀谷、品川等

等。由於下車之處與各大飯店距離都不遠，徒步數分鐘可抵，所以也是極為方便的交通選擇。有關巴士班次，買票時需再詳細確認。在機場內循著「バス乗車券」（じょうしゃけん）（巴士乘車券）的標示牌前進買票，買好之後循著「出口 / バス・タクシー」（でぐち）（出口 / 巴士・計程車）標示牌前往候車處，候車處有佈告欄，清楚畫著前往不同地區的候車處標示。搭乘巴士約需八十到一百分鐘，沿途可以在舒適的座位上欣賞東京灣景。

搭計程車

如果趕時間，或是不計較花大錢的話，可以循著「出口 / バス・タクシー」（でぐち）（出口 / 巴士・計程車）標示牌抵達出口，就可以坐上等待著客人的計程車。從機場到東京市內價格，加上高速公路費用，二萬五千日圓應該是跑不掉的！

 從關西空港→大阪市內

出海關之後⋯

搭電車

在關西國際機場內找到「関西国際空港駅」（かんさいこくさいくうこうえき）（關西國際機場站），紅色剪票口的「JR列車」可以到大阪、京都、奈良等各大都市車站，藍色剪票口的「南海電鐵」則可以直接到大阪市內的難波站。

搭巴士、計程車

「國際線International」循著此字牌走出機場，在機場門口搭乘「機場利木津巴士」或計程車都可直接前往位於大阪市內的飯店。

東京電車路線圖

東京各主要鐵路路線

熟悉東京的各線名稱，不論在問路，還是找路上，都能幫助您輕鬆轉車換車，悠遊大都會東京！

▬▬▬▬▬	都営三田線 （とえいみたせん）	to.e.e mi.ta se.n
▬▬▬▬▬	副都心線 （ふくとしんせん）	fu.ku.to.shi.n se.n
▬▬▬▬▬	有楽町線 （ゆうらくちょうせん）	yu.u.ra.ku.cho.o se.n
▬▬▬▬▬	都営大江戸線 （とえいおおえどせん）	to.e.e o.o.e.do se.n
▬▬▬▬▬	丸ノ内線 （まるのうちせん）	ma.ru.no.u.chi se.n
▬▬▬▬▬	千代田線 （ちよだせん）	chi.yo.da se.n
▬▬▬▬▬	東西線 （とうざいせん）	to.o.za.i se.n
▬▬▬▬▬	都営浅草線 （とえいあさくさせん）	to.e.e a.sa.ku.sa se.n
▬▬▬▬▬	銀座線 （ぎんざせん）	gi.n.za se.n
▬▬▬▬▬	半蔵門線 （はんぞうもんせん）	ha.n.zo.o.mo.n se.n
▬▬▬▬▬	日比谷線 （ひびやせん）	hi.bi.ya se.n
▬▬▬▬▬	南北線 （なんぼくせん）	na.n.bo.ku se.n
▬▬▬▬▬	都営新宿線 （とえいしんじゅくせん）	to.e.e shi.n.ju.ku se.n
▭▭▭▭▭	山手線 （やまのてせん）	ya.ma.no.te se.n

東京第一線：
JR山手線

　　山手線，是乘坐東京電車時絕不會錯過的一條重要的鐵路線，熟悉山手線的各站名稱，對您的東京自由行，將會有莫大的助益喔！

目白 me.ji.ro
池袋 i.ke.bu.ku.ro
大塚 o.o.tsu.ka
巣鴨 su.ga.mo
駒込 ko.ma.go.me
田端 ta.ba.ta
西日暮里 ni.shi.ni.p.po.ri
日暮里 ni.p.po.ri

高田馬場 ta.ka.da.no.ba.ba
新大久保 shi.n o.o.ku.bo
新宿 shi.n.ju.ku
代々木 yo.yo.gi
原宿 ha.ra.ju.ku
渋谷 shi.bu.ya
恵比寿 e.bi.su

山手線

鴬谷 u.gu.i.su.da.ni
上野 u.e.no
御徒町 o.ka.chi.ma.chi
秋葉原 a.ki.ha.ba.ra
神田 ka.n.da
東京 to.o.kyo.o
有楽町 yu.u.ra.ku.cho.o

目黒 me.gu.ro
五反田 go.ta.n.da
大崎 o.o.sa.ki
品川 shi.na.ga.wa
田町 ta.ma.chi
浜松町 ha.ma.ma.tsu.cho.o
新橋 shi.n.ba.shi

©2015 Royal Orchid International Co., Ltd.

名古屋電車路線圖

東山線	
名城線	
名港線	
鶴舞線	
桜通線	
上飯田線	

上小田井
庄内緑地公園
庄内通
浄心
浅間町
国際センター（國際中心）
本陣　亀島
中村日赤
中村公園
岩塚
八田
高畑
東山線
名古屋
中村区役所
伏見
丸の内（丸之内）
栄
新栄町
大須観音
矢場町
鶴舞　荒畑
上前津
東別院
金山
日比野
六番町
東海通
港区役所
築地口
名古屋港
名港線

志賀本通
黒川
名城公園
市役所
高岳　車道
久屋大通
千種
今池
吹上
御器所
桜山
瑞穂区役所
瑞穂運動場西
新瑞橋
桜本町
妙音通
堀田
伝馬町
神宮西
西高蔵

上飯田
上飯田線
平安通　大曽根
ナゴヤドーム前矢田（名古屋巨蛋前矢田）
砂田橋
茶屋ヶ坂（茶屋坂）
自由ヶ丘（自由丘）
本山
東山公園
池下　覚王山
川名　いりなか（杁中）
八事日赤
八事
塩釜口
植田
原
平針
赤池
名古屋大学
総合リハビリセンター（綜合復健中心）
瑞穂運動場東
名城線

藤が丘（藤丘）
本郷
上社
一社
星ヶ丘（星丘）

桜通線
鶴里　野並　鳴子北　相生山　神沢　徳重

©2015 Royal Orchid International Co., Ltd.

京都電車路線圖

烏丸線
東西線
JR京都線
JR東海道新幹線
其他

国際会館
松ヶ崎
（松崎）
北山
北大路
鞍馬口
今出川
丸太町
京都市役所前
三条京阪
東山
蹴上
京阪大津線
御陵
山科
烏丸御池
京都嵐山本線
JR嵯峨野線
太秦天神川
西大路御池
二条
二条城前
四条
阪急京都線
京阪線
五条
JR京都線
JR東海道新幹線
東野
京都
九条
近鉄京都線
椥辻
十条
小野
くいな橋
（水雞橋）
醍醐
竹田
石田
東西線
JR奈良線
京阪宇治線
六地蔵

大阪電車路線圖

福岡電車路線圖

空港線
箱崎線
七隈線
西鉄貝塚線
JR筑肥線
西鉄天神大牟田線

札幌電車路線圖

導遊報料！
在日本不吃太可惜的美食

おでん< o.de.n >關東煮   はっぴゃくななじゅうえん **８７０円**

月見うどん< tsu.ki.mi u.do.n >月見烏龍麵   よんひゃくはちじゅうえん **４８０円**

とんかつ< to.n.ka.tsu >炸豬排   せんにひゃくえん **1200円**

牛丼< gyu.u.do.n >牛肉蓋飯   ごひゃくはちじゅうえん **５８０円**

親子丼< o.ya.ko.do.n >雞肉雞蛋蓋飯   ななひゃくにじゅうえん **７２０円**

天丼< te.n.do.n >天婦羅蓋飯   せんさんびゃくえん **１３００円**

うな丼< u.na.do.n >鰻魚蓋飯   せんはっぴゃくごじゅうえん **１８５０円**

かつ丼< ka.tsu.do.n >炸豬排蓋飯   せんえん **1000円**

海鮮丼< ka.i.se.n.do.n >海鮮蓋飯   せんななひゃくさんじゅうえん **１７３０円**

納豆< na.t.to.o >納豆   きゅうじゅうえん **９０円**

梅干し< u.me.bo.shi >梅干   じゅうよえん **14円**

お茶漬け < o.cha.zu.ke >茶泡飯　　　　５７０円

肉じゃが < ni.ku.ja.ga >馬鈴薯燉肉　　６２０円

エビフライ定食 < e.bi.fu.ra.i te.e.sho.ku >炸蝦定食　　１５８０円

お好み焼き < o.ko.no.mi.ya.ki >什錦燒　　７６０円

たこ焼き < ta.ko.ya.ki >章魚燒　　４５０円

しゃぶしゃぶ < sha.bu.sha.bu >涮涮鍋　　４８００円

すき焼き < su.ki.ya.ki >壽喜燒　　５３８０円

カレーライス < ka.re.e.ra.i.su >咖哩飯　　７５０円

オムライス < o.mu.ra.i.su >蛋包飯　　８３０円

コロッケ < ko.ro.k.ke >可樂餅　　８８円

グラタン < gu.ra.ta.n >焗烤通心麵　　７００円

チキンドリア < chi.ki.n do.ri.a >雞肉焗烤飯　　９６０円

抹茶アイス < ma.c.cha a.i.su >抹茶冰淇淋　　３６０円

導遊報馬仔！
日本棒球小常識

　　日本的職業棒球分為「セ・リーグ」（中央聯盟）和「パ・リーグ」（太平洋聯盟）兩個聯盟，共有十二支球隊。這兩個聯盟的球隊，平時各自比賽，但是每年十月前後，會舉辦一年一度的日本職業總冠軍賽，爭奪「日本一」（日本第一）的頭銜。如果想到日本看職棒，先學會以下有關棒球的基本單字吧！

球隊成員

ピッチャー
< pi.c.cha.a > 投手

ライト
< ra.i.to > 右外野；右外野手

キャッチャー
< kya.c.cha.a > 捕手

センター
< se.n.ta.a > 中堅手；中外野手

ファースト
< fa.a.su.to > 一壘；一壘手

レフト
< re.fu.to > 左外野；左外野手

セカンド
< se.ka.n.do > 二壘；二壘手

バッター
< ba.t.ta.a > 打者

サード
< sa.a.do > 三壘；三壘手

監督（かんとく）
< ka.n.to.ku > 總教練

ショート
< sho.o.to > 游擊手

審判（しんぱん）
< shi.n.pa.n > 裁判

比賽術語

アウト
< a.u.to > 出局

ヒット
< hi.t.to > 安打

セーフ
< se.e.fu > 安全上壘

ストライク
< su.to.ra.i.ku > 好球

ファウル
< fa.a.ru > 界外球

ボール
< bo.o.ru > 壞球

ホームラン
< ho.o.mu.ra.n > 全壘打

美國大聯盟的外國明星

王建民（おうけんみん）
< o.o ke.n.mi.n > 王建民

松井秀喜（まつ い ひで き）
< ma.tsu.i hi.de.ki > 松井秀喜

イチロー（鈴木一朗）（すず き いちろう）
< i.chi.ro.o > 鈴木一朗

松坂大輔（まつざかだいすけ）
< ma.tsu.za.ka da.i.su.ke > 松坂大輔

野茂英雄（の も ひでお）
< no.mo hi.de.o > 野茂英雄

セ・リーグ（セントラル・リーグ）
中央聯盟

隊名	主場	所在地
読売ジャイアンツ （よみうり） 讀賣巨人隊	**東京ドーム** （とうきょう） 東京巨蛋	**東京** （とうきょう）
中日ドラゴンズ （ちゅうにち） 中日龍	**ナゴヤドーム** 名古屋巨蛋	**名古屋** （なごや）
阪神タイガース （はんしん） 阪神虎	**甲子園球場** （こうしえんきゅうじょう）	**大阪** （おおさか）
広島東洋カープ （ひろしまとうよう） 廣島東洋鯉魚	**広島市民球場** （ひろしましみんきゅうじょう）	**広島** （ひろしま）
東京ヤクルトスワローズ （とうきょう） 東京養樂多燕子	**神宮球場** （じんぐうきゅうじょう）	**東京** （とうきょう）
横浜ベイスターズ （よこはま） 横濱灣星	**横浜スタジアム** （よこはま） 横濱球場	**横浜** （よこはま）

パ・リーグ（パシフィック・リーグ）
太平洋聯盟

隊名	主場	所在地
西武ライオンズ せいぶ 西武獅	**西武ドーム** せいぶ 西武巨蛋	**埼玉** さいたま
福岡ソフトバンクホークス ふくおか 福岡軟體銀行鷹	**福岡ドーム** ふくおか 福岡巨蛋	**福岡** ふくおか
オリックス・バッファローズ 歐力士野牛	**大阪ドーム** おおさか 大阪巨蛋	**大阪** おおさか
千葉ロッテマリーンズ ちば 千葉羅德海洋	**千葉マリンスタジアム** ちば 千葉海洋球場	**千葉** ちば
北海道日本ハムファイターズ ほっかいどうにっぽん 北海道日本鬥士	**札幌ドーム** さっぽろ 札幌巨蛋	**北海道** ほっかいどう
東北楽天 とうほくらくてん **ゴールデンイーグルス** 東北樂天金鷹	**フルキャスト** **スタジアム宮城** みやぎ Kleenex宮城球場	**仙台** せんだい

導遊報路！
日本的祭典

日本是一個熱愛祭典的民族，每年大大小小的祭典合起來，不下數百個，建議您在每次赴日旅遊前，都能夠先上網輸入關鍵字「日本の祭一覧（ほん まつりいちらん）」，查詢自己要去的地方何時會舉辦祭典，如此一來，旅程會更有收穫喔！以下介紹幾個日本知名祭點：

青森市（あおもりし） 青森ねぶた祭り（あおもり まつ）（青森佞武多祭）

地點　　　青森縣青森市
舉辦時間　每年八月二日～七日
交通　　　JR「青森」站下車
特色

「青森佞武多祭」在一九八〇年，被日本指定為「國家重要無形民俗文化財產」。一年一次為期六天的這個祭典裡，每天都擁入五十萬以上的人潮。

此祭典最大的特色，就是在活動進行時，街道上隨處可見宏偉壯觀、氣勢非凡、美輪美奐、有如藝術品般的「立體燈籠花車」。來到此地，若能租件祭典用的專用浴衣，一邊喊著「ラッセラーラッセラー」

（< ra.s.se.ra.a ra.s.se.ra.a >；此祭典之口號，有打起精神、加油之意），一邊跟著遊行，絕對能創造出難忘的夏日回憶。

仙台市（せんだいし） 仙台七夕まつり（せんだいたなばた）（仙台七夕祭）

地點　　　宮城縣仙台市
舉辦時間　每年八月六日～八日
交通　　　JR「仙台」站下車
特色

日本東北地區有三大祭典，分別是青森

縣的「青森佞武多祭」、宮城縣的「仙台七夕祭」、以及秋田縣的「竿燈祭」。其中以較為靜態的「仙台七夕祭」吸引最多人潮，單日拜訪人數高達七十萬人以上。

此祭典的由來，顧名思義，一開始是為了祭拜牛郎與織女星。現在最大的特色，則是在活動前一天，也就是八月五日晚上，會發放一萬發以上的煙火，照亮整個夜空，宣告歡樂的祭典就要開始。而為期三天的祭典，商店街高掛著三千枝的巨型綠竹，上面綁著七彩繽紛的裝飾，每當清風吹來，綠竹上的流蘇隨著飄動，真是美不勝收。

東京都 淺草三社祭（淺草三社祭）
とうきょうと あさくささんじゃまつり

地點　　　東京都台東區淺草神社

舉辦時間　每年五月第三週的星期五、六、日

交通　　　東京都地下鐵「淺草」站下車

特色

「三社祭」是每年五月第三週的週五到週日，在東京都台東區淺草神社舉辦的祭典，正式名稱為「淺草神社例大祭」。

短短三天的活動中，大約會有二百萬人慕名前來共襄盛舉。而活動中最熱鬧的，莫過於「抬神轎」活動了。在那一天，淺草的每一個町會，會抬自己的神轎在街上遊行，接著搶攻淺草寺，好不熱鬧。看著水洩不通的人潮、抬著轎子的熱情江戶男兒、穿著祭典服飾的男女老少，您會發現另一個與眾不同的東京。

京都市 祇園祭り（祇園祭）
きょうとし ぎおんまつ

地點　　　京都府京都市祇園町八坂神社

舉辦時間　每年七月一日～三十一日

交通　　　JR「京都」站下車

特色

「祇園祭」是京都八坂神社的祭典，它是京都三大祭典之一。

此祭典據說源自於西元八六九年，當時由於到處都是瘟疫，所以居民請出神祇在市內巡行，藉以祈求人民平安健康。時至今日，祭典依然維持傳統，而活動中最值得一看的，就屬「山鉾（祭典神轎）巡行」了。在巡行過程中，山鉾數次九十度大轉彎的驚險與刺激，帶給遊客無數的高潮和驚喜。

福岡市 博多祇園山笠（博多祇園山笠）
ふくおかし はかた ぎおんやまがさ

地點　　　福岡縣福岡市博多區

舉辦時間　每年七月一日～十五日

交通　　　JR「博多」站下車

特色

已有七百年歷史的「博多祇園山笠」，正式名稱為「櫛田神社祇園例大祭」，現已被日本政府指定為國家無形民俗文化財產。

此祭典一開始，也是因為當時到處都是瘟疫，所以舉辦神祇巡行活動，藉以消災解厄。如今這個活動，不但祈求眾人平安健康，也成了當地居民一年一度最重要的盛會。在活動當中，被稱為「山笠」的巡行神轎豪華壯麗，幾乎要幾十位壯漢才抬得動。當神轎巡行時，架勢十足，聲勢浩大，教人震撼不已。

導遊小報告！
日本的節日

儘管日本給人的印象是熱愛工作的民族，好像全年無休，但事實上，日本的國定假日可不少呢！

日本的國定假日合起來大約有二十天，再加上週休二日制，以及國定假日遇到週六和週日也一定會補休，所以一年裡有好幾個時段，一定會遇到大連假。在此提醒親愛的讀者，可以參考以下的整理，設定出國的時間，免得人擠人喔！

一月～三月的國定假日

● 元日
一月一日 元旦

日本的過年。為了迎接神明，日本人會在家門上裝飾年松，並享用在除夕夜（十二月三十一日）之前就準備好的涼涼的年菜。此外，也會到神社或寺廟做「初詣」（新年首次參拜）。

● 成人の日
一月的第二個星期一 成人之日

為慶祝年滿二十歲的青年男女長大成人的節日。期盼藉由這個節日，提醒他們已經成年，希望他們能夠自己克服困難。如果這一天到日本玩，可以在街上看到很多二十歲的女孩子們，穿著華麗和服的可愛模樣哦！

● 建国記念の日
二月十一日 建國紀念日

日本神武天皇即位的日子。希望藉由這個日子，提升日本國民的愛國心。

● 春分の日
三月二十日或二十一日 春分之日

春分，即畫夜一樣長的日子。

四月～六月的國定假日

● 昭和の日
四月二十九日 昭和之日

日本昭和天皇的誕生日。期盼大家藉由這個日子，緬懷讓日本一躍成為強國的昭和時代，並為國家的未來而努力。

● 憲法記念日
五月三日 憲法紀念日

日本立憲的紀念日。

● みどりの日
五月四日 綠之日

希望大家親近自然、並愛護自然的節日。

● こどもの日
五月五日 兒童節

五月五日原為日本的端午節，是祈願男孩成長的日子，現在則改稱兒童節。在這一天，家裡有男孩的家庭，會掛上「鯉のぼり」（鯉魚旗）。看到許許多多的鯉魚旗在新綠下迎風招展，好不開心。

● 海の日
七月的第三個星期一　海之日

感謝海洋賜予人類的恩惠，並期盼以海洋立國的日本永遠興盛的節日。

● 敬老の日
九月的第三個星期一　敬老節

希望大家尊敬老年人、並祝福他們長壽的節日。在這一天，有老年人的家庭，多會聚餐或送上賀禮。

● 秋分の日
九月二十二日或二十三日　秋分之日

秋分，即晝夜一樣長的日子。

● 体育の日
十月的第二個星期一　體育節

日本將「鼓勵大家多運動、培養身心健康」的體育節，訂在秋高氣爽、最適合運動的秋天。每年到了這個時候，不只是學校，連各町、各區也會舉辦運動會，加油聲此起彼落，好不熱鬧！

● 文化の日
十一月三日　文化之日

希望日本國人愛惜自由與和平，並促進文化的日子。

● 勤労感謝の日
十一月二十三日　勤労感謝之日

尊敬勤勞者、感謝生產者的節日。

● 天皇誕生日
十二月二十三日　天皇誕生日

現任天皇的誕生日。如果這個時候身在日本，還可以感受到濃濃的聖誕節氣氛喔！

● ゴールデンウィーク
四月底五月初　黃金週

從四月底的「昭和之日」，到五月初的「憲法紀念日」、「綠之日」、「兒童節」都是國定假日，再加上週末和週日，所以往往有一個星期以上的連續假期，也無怪乎被稱為Golden week（黃金週）了。

● お盆
八月十五日前後　盂蘭盆節

八月十五日前後的「盂蘭盆節」是日本人迎接祖先亡靈、祈求闔家平安繁榮的傳統節慶，雖不是國定假日，但是有「お盆休み」（盂蘭盆節假期）的公司很多，所以到處都是返鄉的人潮。

● 年末年始
十二月二十九日～一月三日　年終與年初

日本的過年是國曆一月一日，十二月二十八日是公家機關「仕事納め」（工作終了）的日子，所以年假會從十二月二十九日開始，一直放到一月三日。若遇到週末、週日，假期也會跟著順延喔！

導遊報給你知！
實用日語教室

打招呼基本用語

はじめまして。
< ha.ji.me.ma.shi.te >
第一次見面。

どうぞよろしく。
< do.o.zo yo.ro.shi.ku >
請多多指教。

おはようございます。
< o.ha.yo.o go.za.i.ma.su >
早安。

こんにちは。
< ko.n.ni.chi.wa >
午安。

こんばんは。
< ko.n.ba.n.wa >
晚安。

ありがとうございます。
< a.ri.ga.to.o go.za.i.ma.su >
謝謝。

どういたしまして。
< do.o i.ta.shi.ma.shi.te >
不客氣。

すみません。
< su.mi.ma.se.n >
對不起。

どうぞ。
< do.o.zo >
請。

さようなら。
< sa.yo.o.na.ra >
再見。

分かりません。
< wa.ka.ri.ma.se.n >
不知道。

いくらですか。
< i.ku.ra de.su ka >
多少錢呢？

いち	に	さん	し/よん	ご
1	**2**	**3**	**4**	**5**

ろく	なな/しち	はち	きゅう	じゅう
6	**7**	**8**	**9**	**10**

にじゅう	さんじゅう	よんじゅう	ごじゅう	ろくじゅう
20	**30**	**40**	**50**	**60**

ななじゅう	はちじゅう	きゅうじゅう	ななじゅうさん	
70	**80**	**90**	**7 3**	

ひゃく	にひゃく	さんびゃく	よんひゃく	ごひゃく
100	**200**	**3 00**	**4 00**	**500**

ろっぴゃく	ななひゃく	はっぴゃく	きゅうひゃく	ごひゃくはちじゅういち
6 00	**7 00**	**8 00**	**9 00**	**5 8 1**

せん	に せん	さん ぜん	よん せん	ご せん
1000	**2000**	**3 000**	**4 000**	**5000**

ろく せん	なな せん	はっ せん	きゅう せん	せんきゅうひゃくはちじゅう
6 000	**7 000**	**8 000**	**9 000**	**1 9 80**

いちまん	じゅうまん	ひゃくまん	いっせんまん	いちおく
1万	**10万**	**100万**	**1千万**	**1億**

にぶん いち	ごぶん さん
2分の1	**5分の3**

代換練習

わたし ： いくらですか。
wa.ta.shi　　i.ku.ra de.su ka
我　　　： 多少錢呢？

店員（てんいん） ： ５ ９ ８ ０円です。（ごせんきゅうひゃくはちじゅうえん）
te.n.i.n　　go.se.n.kyu.u.hya.ku.ha.chi.ju.u e.n de.su
店員　　： 五千九百八十日圓。

時間概念

年

いちねん 1年	にねん 2年	さんねん 3年	よねん 4年	ごねん 5年	ろくねん 6年
しちねん 7年	はちねん 8年	きゅうねん 9年	じゅうねん 10年	なんねん 何年	

月

いちがつ 1月	にがつ 2月	さんがつ 3月	しがつ 4月	ごがつ 5月	ろくがつ 6月	しちがつ 7月
はちがつ 8月	くがつ 9月	じゅうがつ 10月	じゅういちがつ 11月	じゅうにがつ 12月	なんがつ 何月	

日

ついたち 1日	ふつか 2日	みっか 3日	よっか 4日	いつか 5日	むいか 6日	なのか 7日
ようか 8日	ここのか 9日	とおか 10日	じゅういちにち 11日	じゅうににち 12日	じゅうさんにち 13日	じゅうよっか 14日
じゅうごにち 15日	じゅうろくにち 16日	じゅうしちにち 17日	じゅうはちにち 18日	じゅうくにち 19日	はつか 20日	にじゅういちにち 21日
にじゅうににち 22日	にじゅうさんにち 23日	にじゅうよっか 24日	にじゅうごにち 25日	にじゅうろくにち 26日	にじゅうしちにち 27日	にじゅうはちにち 28日
にじゅうくにち 29日	さんじゅうにち 30日	さんじゅういちにち 31日				

時

いちじ 1時	にじ 2時	さんじ 3時	よじ 4時	ごじ 5時	ろくじ 6時	しちじ 7時
はちじ 8時	くじ 9時	じゅうじ 10時	じゅういちじ 11時	じゅうにじ 12時	なんじ 何時	

分

いっぷん	にふん	さんぷん	よんぷん	ごふん	ろっぷん	ななふん
1分	2分	3分	4分	5分	6分	7分
はっぷん	きゅうふん	じゅっぷん	じゅういっぷん	にじゅっぷん	さんじゅっぷん	なんぷん
8分	9分	10分	11分	20分	30分	何分

數量詞

個

いっこ	にこ	さんこ	よんこ	ごこ	ろっこ
1個	2個	3個	4個	5個	6個
ななこ	はっこ	きゅうこ	じゅっこ	なんこ	
7個	8個	9個	10個	何個	

人

ひとり	ふたり	さんにん	よにん	ごにん	ろくにん
1人	2人	3人	4人	5人	6人
ななにん	はちにん	きゅうにん	じゅうにん	なんにん	
7人	8人	9人	10人	何人	

杯

いっぱい	にはい	さんばい	よんはい	ごはい	ろっぱい
1杯	2杯	3杯	4杯	5杯	6杯
ななはい	はっぱい	きゅうはい	じゅっぱい	なんばい	
7杯	8杯	9杯	10杯	何杯	

張件

いちまい	にまい	さんまい	よんまい	ごまい	ろくまい
1枚	2枚	3枚	4枚	5枚	6枚
ななまい	はちまい	きゅうまい	じゅうまい	なんまい	
7枚	8枚	9枚	10枚	何枚	

隻瓶

いっぽん	にほん	さんぼん	よんほん	ごほん	ろっぽん
1本	2本	3本	4本	5本	6本
ななほん	はっぽん	きゅうほん	じゅっぽん	なんぼん	
7本	8本	9本	10本	何本	

個

ひと	ふた	みっ	よっ	いつ	むっ
1つ	2つ	3つ	4つ	5つ	6つ
なな	やっ	ここの	とお	いくつ	
7つ	8つ	9つ	10		

日語音韻表

〔清音〕

	あ段	い段	う段	え段	お段
あ行	あ ア a	い イ i	う ウ u	え エ e	お オ o
か行	か カ ka	き キ ki	く ク ku	け ケ ke	こ コ ko
さ行	さ サ sa	し シ shi	す ス su	せ セ se	そ ソ so
た行	た タ ta	ち チ chi	つ ツ tsu	て テ te	と ト to
な行	な ナ na	に ニ ni	ぬ ヌ nu	ね ネ ne	の ノ no
は行	は ハ ha	ひ ヒ hi	ふ フ fu	へ ヘ he	ほ ホ ho
ま行	ま マ ma	み ミ mi	む ム mu	め メ me	も モ mo
や行	や ヤ ya		ゆ ユ yu		よ ヨ yo
ら行	ら ラ ra	り リ ri	る ル ru	れ レ re	ろ ロ ro
わ行	わ ワ wa				を ヲ o
	ん ン n				

が ガ	ぎ ギ	ぐ グ	げ ゲ	ご ゴ
ga	gi	gu	ge	go
ざ ザ	じ ジ	ず ズ	ぜ ゼ	ぞ ゾ
za	ji	zu	ze	zo
だ ダ	ぢ ヂ	づ ヅ	で デ	ど ド
da	ji	zu	de	do
ば バ	び ビ	ぶ ブ	べ ベ	ぼ ボ
ba	bi	bu	be	bo
ぱ パ	ぴ ピ	ぷ プ	ぺ ペ	ぽ ポ
pa	pi	pu	pe	po

〔拗音〕

きゃ キャ	きゅ キュ	きょ キョ		しゃ シャ	しゅ シュ	しょ ショ
kya	kyu	kyo		sha	shu	sho
ちゃ チャ	ちゅ チュ	ちょ チョ		にゃ ニャ	にゅ ニュ	にょ ニョ
cha	chu	cho		nya	nyu	nyo
ひゃ ヒャ	ひゅ ヒュ	ひょ ヒョ		みゃ ミャ	みゅ ミュ	みょ ミョ
hya	hyu	hyo		mya	myu	myo
りゃ リャ	りゅ リュ	りょ リョ		ぎゃ ギャ	ぎゅ ギュ	ぎょ ギョ
rya	ryu	ryo		gya	gyu	gyo
じゃ ジャ	じゅ ジュ	じょ ジョ		びゃ ビャ	びゅ ビュ	びょ ビョ
ja	ju	jo		bya	byu	byo
ぴゃ ピャ	ぴゅ ピュ	ぴょ ピョ				
pya	pyu	pyo				

國家圖書館出版品預行編目資料

帶著日語趴趴走 / 元氣日語編輯小組編著
--初版--臺北市：瑞蘭國際,2015.05
160面；17 x 23公分 --（元氣日語系列；29）
ISBN：978-986-5639-22-8（平裝附光碟片）
1.日語 2.旅遊 3.會話

803.188   104007073

元氣日語系列 29

帶著日語趴趴走

編著｜元氣日語編輯小組
責任編輯｜葉仲芸、王愿琦
校對｜葉仲芸、王愿琦

日文錄音｜今泉江利子、吉岡生信
錄音室｜不凡數位錄音室、純粹錄音後製有限公司
封面設計｜Yuki · 內文設計、排版｜陳如琪
美術插畫｜戚心偉 · 電車路線繪圖｜張芝瑜

董事長｜張暖彗 · 社長兼總編輯｜王愿琦
主編｜葉仲芸 · 編輯｜潘治婷 · 編輯｜紀珊 · 設計部主任｜余佳憓
業務部副理｜楊米琪 · 業務部專員｜林湲洵 · 業務部助理｜張毓庭

出版社｜瑞蘭國際有限公司 · 地址｜台北市大安區安和路一段104號7樓之1
電話｜(02)2700-4625 · 傳真｜(02)2700-4622 · 訂購專線｜(02)2700-4625
劃撥帳號｜19914152 瑞蘭國際有限公司 · 瑞蘭網路書城｜www.genki-japan.com.tw

總經銷｜聯合發行股份有限公司 · 電話｜(02)2917-8022、2917-8042
傳真｜(02)2915-6275、2915-7212 · 印刷｜宗祐印刷有限公司
出版日期｜2015年05月初版1刷 · 定價｜300元 · ISBN｜978-986-5639-22-8